メディアワークス文庫

聖獣王のマント

紅玉いづき

目　次

プロローグ　伝承の誓句

ここに、織物《おりもの》と刺繍《ししゅう》の国がある。

国の名はリスターン。

東に火《ひ》の薬国《やっこく》ドンファン、西に数《かず》の術国《じゅっこく》バアラを置きながら、古き暮らしと独立を長く守っている。

国土の半分は広大な砂漠であるが、多種多様な自然もまた遍在する。その作物と生物達から紙縒《こよ》り、染め上げるのはリスターンだけの特別な糸だ。細く、繊細で、頼りのない糸は国の特産であり、同時に国の神秘そのものである。

リスターンの刺繍、そして織物には、太古からの特別な力が宿る。

女達はそのほとんどが織師として技術を継承し、意匠はそのまま術式にも等しいとされる。長い時間と、人間の生命を使い編み上げられた織物は神秘を抱き、莫大《ばくだい》な富を生んできた。

中央に宮廷を置き、統率された軍を擁するが、第一に国を守るのは、象徴であり国威である、ひとりの王である。

リスターンでは王の存在が、大地に満ちる力となる。

王の選定は、民の意志でもなければ、血統でも、個としての素質でもない。

リスターンで王を選ぶのは、運命を体現せし聖なる獣である。

この国では、王は冠ではなく、マントを纏《まと》う。王を選ぶ聖獣は王の纏う聖衣そのものであるともいわれる。

聖なる獣。その名はクリキュラ。

黄金繭ともいわれる、纏う者に威光を与える、太古から綿々と続く力ある存在である。

王を選ぶために生まれ、王とともに滅ぶとされる。

聖獣クリキュラと、それを信望する人々は、王のために誓いを立てるだろう。


幸運が、王座にのみ訪れますように。

夜空の星が王の望みを叶《かな》え。

すべての邪《じゃ》と禍《まが》ごとが及びませぬように。


——幾久しく、王座が黄金でありますように。

今代《こんだい》の王の代替わりに際し、聖獣クリキュラは、新王を探し、未《いま》だ放浪の旅の途中であるという。

第一章　青い鳥と黄金

セーラー服の襟に火をつけたのは、中学二年の春のことだった。

袖には結局一度も腕を通さなかった。だから制服を着た写真は一枚も残っていない。黒い色で、赤い線だけが目立つ古風なセーラー服は、採寸をした覚えもなく、いつの頃からか当てつけのように部屋のクローゼットにかけてあった。

ダッサ、と知留《トモル》はそれを見るたびに思った。それもまた、彼女自身の言葉ではなく、彼女を取り巻いている語彙だった。

ダサくて、気色《きしょ》悪い。

知留の周りでは、年上の、学年だけでいえば先輩にあたるひと達が、留年を繰り返して結果退学になったのだと笑いながら言った。だから、制服を、「今度河原で燃やすんだよね」チルもおいでよ、と言った。いいよ、と知留は軽く返事をして、自分の制服を持っていった。そして、オイルライターで火をつけた。

化繊はチリチリと燃えた。甲高い声で先輩達は笑って、知留も一緒になって笑った。嘘《うそ》っぽい笑いだった。嘘でもよかったのだろう。オール電化の現代社会で、火はインスタントな興奮だから。

ゆらぎ燃える音と石油のにおいだけが、快楽めいた記憶として残った。

中高一貫の女子校に入りなさいと言われたのは、育児と教育の放棄で、思考停止だと、今でも知留はそう思っている。受験に合格してから一日だって行かなかったから、そこがどんなところなのかは知らない。

あの頃知留の母親は、周囲より少しだけ優秀だった知留の学力を伸ばすことに必死で、それでしか自己の承認を得られていなかった。幼い知留にさえ、軽蔑されるほどに。生まれた家は裕福だったのだろうが、小学校に入る頃には母親と父親は籍を別にし、母親は知留を引き取りはしたが、彼女が与えた教育らしい教育は、小学校の低学年からはじまった毎日深夜までの塾通いぐらい。夜の街を歩くことは、その時覚えた。他の塾生のように、送り迎えをしてくれる大人が誰もいなかったから。

この女子校に合格さえしてくれたら、なんでも許してあげると母は言ったので、どんな苦痛でものみ込んで勉強をした。針をのむように。そして無事に学校に合格したので、それから知留は、一切の通学を、辞めた。

母はもちろんヒステリックに知留を叱った。古風な平手で、知留のことをはりとばした。けれど知留はもう、小柄だった母親の身長も越えていた。軽蔑はいよいよ唾棄すべき、という感情に変わった。

野蛮人じゃあるまいに。そんなヒステリーに従う子供は、この世にはもういない。娘を叩《たた》いた後は決まって泣きながら、新しい男にすがっていった。なによりもそれが不快だった。許せなかった。ひとを、情動の、供物にするな。母親の人生劇場、そのエンタメのスパイスにされること。それより腹が立つことなんか知留の短い人生にはなかった。

泣き叫びはしても決して追いかけてくることのない母親に愛想をつかすように、知留は家を飛び出した。

なにもかもが嫌だけれど、一番は、もうひとりで部屋で泣きたくはなかったのだ。涙を流すと、弱い母親と一緒になってしまうから。自分の情動だって、なにものに対しても供物にはしたくなかった。

夜の街は下水と排ガス、煙草《たばこ》のにおいがしていたけれど、少なくともひとりではなかった。知留のことを受け入れてくれた。誰の帰る場所でもなかったけれど、そこには同じように、帰る場所のない子供達がたくさんいた。子供だけで生きていける雑多でちっぽけな社会があった。

制服を燃やしたあとの知留は、いつも短いプリーツのスカートで、オーバーサイズのパーカーを着ていた。昼でも夜でもフードをかぶって、浅い色の入ったカラーグラスをかけることもあった。出来るだけ周囲にとけ込む服装で、幼さがばれないようにした。

肩掛け鞄《かばん》には携帯と薄い財布が入っていた。

昼間はネットカフェで眠り、夜は仲間と路上で明かす。

その社会の中で、人間を二種に分けるのならば、知留は勝者で強者だった。なぜなら彼女は魔法のカードを持っていたから。母親から渡されたカードは、名義こそ知留のものだったが、その口座に入金をするのは母でもその再婚相手でもなく、別れて消えてしまった父親で、とどのつまりは養育費という名目なのだろう。

生きていくだけでお金は湯水のように流れていく。蛇口はとっくに壊れていた。すでにたくさん傷ついている。すでにたくさん諦めている。

きっとわたしは（あるいは、わたし達は）どこにも行けず、なににもならないし、なににもなれないね。

そういうことを、知留は敏感に感じとりながら、同時に、どうでもよかった。全部が。そう思わないと、泣き出してしまいそうだった。とにかくなにより、もう泣きたくなかった。

退屈や、将来への不安を埋めるような、快楽を引き出してくれそうなことはなんでもやった。アルコールも市販薬も、怖い薬には手を出せなかったけれど、いけないことは、だいたい全部。

でも、どれも知留にはあまり「効か」なかった。他の仲間達とは、絶望の質が違ったのかもしれないし、単に、なにかに身を任せるには、身体《からだ》が丈夫に生まれていたのかもしれない。

ある月のはじめに気づいた。毎月されていたはずの口座の入金が止まっていた。なるほどね、と知留は思った。なんらかの、潮目が変わったということ。位相の変化。自分の与り知らぬところで、いつかこういう日が来るんだと思っていた。お金がなければ生きてはいけない。帰りたくもないところに帰らなくてはいけない。だから、商売をはじめる必要があった。経済。簡単なこと。

「紹介をしてあげようか」と言ったのは、たまにコミュニティに出入りしている、中でも身なりのいい女子大生のマオさんだった。帰るところもあれば毎日通う学校だってあるだろうに、パパに会うというバイトの隙間、「時間潰し」にやってくる、多分きっと優越感にひたりたいだけ。知留も、知留の周りも一番嫌いなひとで、愛されることよりも、嫌われることに慣れているひとだった。

あたまのわるい言葉を使って、ブランドものの小さな鞄を持ち、甘いにおいをさせて自分を、売る。彼女みたいなひとから、「いらない」おじさんを紹介してもらうことが、知留の最初の仕事だった。

使わないブランドもののリップをぽいと投げてくれるように。

それは資本主義だというんだと、知留は知っている。売買可能な商品を並べる、交渉をして、高く買ってもらう。時間、若さ、身体。「よゆうでしょ」ってマオさんは笑った。知留は「はい、もちろん」と笑い返しながら、ほんとは余裕じゃなかった。ぜんぜん。

時間と、それに付随する己の肉体を売ることは、知留には簡単ではなかった。べたべたしてくる相手は、友達でも友達じゃなくても、男でも女でも嫌いだった。酔っ払いでも素面《しらふ》でも聖人でも悪人でも関係なかった。

とにかく指先が肩にまわる、その瞬間がだめだった。服を着ていても貫通する、不躾《ぶしつけ》な体温、質感、質量。そういうのを相手にしなきゃいけないのが、我慢ならなかった。

「本当にお触りはさせなくていいんだよお」コツがあるよとマオさんは言った。でも、そういう自分だって、触ってきたがるような「いらない」おじさんをまわしてくるくせに。

チルチルはまだ若くって、細くて、顔が可愛《かわ》いから大丈夫。

そういう肯定だけは、マオさんはいくらでもくれた。無責任なそれ、反吐《へど》が出そうなそれ。マオさんはいつも甘い色をした爪をしている。二週間に一回だというネイルを翻して、大丈夫だよ、と繰り返す。世界で一番、信じられない「大丈夫」。化粧なんかしなくても肌綺麗《きれい》だし。いいよねえ、若いって。でもね、本当に若いということは、隠しておかなくちゃいけないね。

本当のことは全部ひた隠せ。

それが傷つかないための一番簡単な自衛だったのだろう。

めまいと熱病のような夜の中で、なにもかも自分で決めよう、と知留は思っていた。

せめて、せめてだ。それだけが、自分が自分の人生に責任を持っているということだと考えていた。

自分で決めて、自分を売った。でも、売り切れなかった、のだと思う。

壁の薄いホテルで、シャワールームから出た知留にはアルコールが渡された。いつもより苦いその炭酸には、きっと入ってはいけないものが入っていた。目の前が真っ赤になり、ぶるぶると震えが止まらなかった。理性がとんだ、のはもう、薬のせいか人生のせいかもわからない。ビジネスホテルのかたいベッドの上で、抵抗して殴られた。蛇口が馬鹿になってしまったように、涙がこぼれた。あんなに、あんなに泣きたくなかったのに。一粒でも涙がこぼれれば知留にとっては異常事態で、パニックだった。その衝動のまま、覆《おお》い被《かぶ》さる男に噛《か》みついた。濡《ぬ》れたまま編んだ髪をフードに押し込み、ホテルを飛び出した。靴をはいている暇がなかった。ソックスの裏が真っ黒になるのも構わずに。

ころげながら逃げた。

誰が追いかけてくるのかもわからなかった。突き飛ばした男だったのかもしれないし、その他の誰か、違う男だったのかもしれない。

けれど誰であっても同じことだと思った。追いかけてくるのは黒い影だ。夜そのもの。恐怖そのもの。二足歩行の生物でさえないかもしれない。

闇雲に逃げ込んだのは真っ暗な路地だった。明るさから逃げたのは、果たして罪の意識だったのだろうか。とにかく今は仲間のいる、明るい場所には帰りたくなかった。だって、涙が、涙が止まらない。こんなところは誰にも見せられない、いや、そうじゃない。泣いていたって誰も助けてなんかくれないってことを、確かめたくなかった。どこにも逃げられないのに、どこかへ隠れていたかった。安心できるところ。安全なところ。

あんたは、もう、大丈夫じゃないと言われたかった。全然大丈夫じゃないって。そんな相手はどこにもいないと、わかっていたはずなのに。必死になって、逃げていた。その時。

ゴミ捨て場に積み重なった段ボールの、山に。

黄金が降ってきた。

一瞬、羽根のように軽いものかと思った。大きな鳥、否、なぜか大きな蝶《ちょう》を連想した。けれどそれはただのイメージに過ぎず、実際は人間の形をした実存が、上、多分、ビルの、上、から、落ちてきたという事象だった。

（飛び降り？）

死体、と思ったのは、空から降るものは容易に潰れる、という、この街の、高層ビル群の常識に過ぎず、落ちてきたなにか、に躓《つまず》いて転倒した時も、足にひっかかったそれを、どうしよう、やばい、としか思わなかった。身体中の、鈍い痛みをのみ込むこともすでに忘れていた。

それ、は、けれどゆらりと立ち上がった。大きな布をかぶったなにか、だった。複雑な紋様の、大きな布。夜が突如立ち上がったような気がして。知留は息をのんだ。けれどどうしてか……恐怖は、感じなかった。

「――！」

その、「なにか」あるいは「誰か」の向こう側で、知留を追ってきたであろう男の、怒号が聞こえた。そちらの方が、知留にとっては明確な恐怖で、立ち上がることも出来ずとっさに耳を塞いだ。

嫌だ、と思った。

すべてが嫌だ。こんな、こんな……生き方なんて。

歯の根が噛み合わず、がちがちと鳴った。ゆらぐ視界の中で、目の前の、大きな影が、ずるりと自分の、羽織《はおり》を持ち上げる、仕草をした。

黄金。

目の前に広がったそれに、輝いている、と知留は唐突に思ったのだ。目がちかちかした。夜そのもののような黒い塊の、その布の間から、黄金が流れている。

それは男の金の髪だった。見たこともない、反射する光源がなくとも発光するかのような細い髪だ。

知留の涙の球体の中で、それらがきらきらと乱反射した。目が離せなかった、汗だくで、汚い路地に座り込んで、知留は呆然《ぼうぜん》とその姿を見上げた。

次の瞬間だった、パアアアッと大きなクラクションが背後で鳴り響いた。

「！」

止まった時間が動き出すようだった。ふわりと黄金が浮かぶように身を翻す。小さな悲鳴のような声がして――それから、足音。

脅威は、去った、のかもしれなかった。でも、知留にとってはもう、そんなことはどうでもよかった。

呼吸をする。息をしなければ、死んでしまう。けれど、それも忘れるような呆然自失で、同時に酩酊《めいてい》のような酸素不足だった。

黄金がゆっくりとした足取りで、知留に近づいてくる。そのたびに、何度も瞬きをして、けれどよく、見えない。涙が止まらなくて。

鼻先に、かいだことのない、異国のような香りがした。それを強くのみ込むために、ようやく深く呼吸をした。肺を満たしたのは、人間の生み出す廃棄物とは遠い香りだったから、なにかの薬かも、とちらりと脳裏にひらめいたけれど、そんなことより、目の前に広がる黄金に目を奪われた。

(きれい)

そんな風に思うなんて、どれくらいぶりだろう。忘れてしまった記憶みたいに、ただ、目を奪われた。

ぴかぴかの金の髪だ。

ゆっくりと、相手の指先が知留の目尻の涙を拭った。そこでようやく気づいた。男の手だった。

(がいこく、の)

そこにいたのは、白い肌。睫毛までやはり金の、思ったよりもずっと綺麗な顔をした男、若い男だった。ごみだめのようなところに落ちてきたのに、薄汚れたところや、くたびれて垂れ下がったところがひとつもなかった。強く鼻の奥をつく、異国の香りがした。まったくかいだことがないようでもあり、一方でどこか遠く懐かしいような気もした。

しかしその間も、ぶるぶると知留の身体は震えつづけ、鼻水は落ちるし、口の端からは泡を吹いていた。胃の中のものを全部出せればよかったのかもしれない。けれどそういう理性は、肉体との接続が切れていて、涙になってぼろぼろとこぼれていくだけだった。

「大丈夫ですか？」

　びりびりとした声が知留の耳に触れた。うわ、と思った。神経が過敏になっているのかもしれない。低い声が、音が、頭を痺《しび》れさせた。

　強烈な痛みが胸をついた。それは郷愁やさみしさに似ていて、多分身体の方がおかしくて、心も一緒におかしくなって、だからこんなおかしな痛みや痺れが起こるのだろう、と思った。そうじゃないとおかしいもの。

　こんな風に心が、震えるなんて。普通じゃない。

「大丈夫なわけないじゃん」

　と知留は言った。なにも考えず、吐き捨てるみたいだった。ああもう、助けて欲しかった。誰でもよかったし、でも、そんな誰かなんてどこにもいないこともわかっていた。

「もう、いやだ」

　もういや、とか細い声で知留が言った。

　はじめて出会った男の前で、別に、助けを求めたわけじゃなかった。どうでもよくなったのだ。そして、うわごとのように、繰り返す。「いや、いや、いや。ぜんぶいや。こんなのやだ。もうやめたい。もうかえりたい」かえるところなんてどこにもないのに。

「生まれ変わりたい」

　それは嘆きだった。

青く割れた唇で、嘆き、あえいだ。うわごとのようだった。

男は、ゆっくりと、しゃがみ込む知留の、両肘を握った。それだけで、羽根でも生えたかのように知留は立ち上がっていた。

魔法かもしれなかった。すべてが、あり得ないことだから。

体中の痛みを忘れさせてくれるような、濃い異国の香り。脳の奥まで届く光。

黄金は、囁《ささや》く。

「生まれ変わりを、のぞまれますか？」

生まれ変わりたい？

ああ、自分は、確かに、そんなことを言った。別に誰かに聞かせるわけではない。口をついて出た、意味のない言葉だった。だからなんだ、だからどうしたという話であったが、確かめるように繰り返したのは、本当に美しい男だった。意識がねじれ、奇妙さを感じさせるほどに。

彫刻みたいに、つくりもののように。

同時に無機物みたいな表情だった。

すごい顔だな、と知留は思って、ああやっぱり、綺麗だなと思った。神様、イエス様。大仏様とか、仏様、とにかく偶像めいたものに託すような、凪《な》いだ静かな気持ちで、小さく言った。

「うん。そう言ってる。はやくしにたいって」

深く考えることなく、頷《うなず》きうつむいたままで、口をついて出たのは、まったく刹那的な欲望だった。よくある欲求だった。みんなが停滞にも成長にも老化にも飽きていた。挨拶よりもたくさん呟《つぶや》かれる、その形だけの「死」だった。

別に、助けてくれなくていい、と同時に知留は思った。

そんなことを望んでない。救い、は、きっと、窮屈で、不愉快で、つまらないものだろうから。優しくもないし、甘くないから。もうなんでもいいから。

死よ来たれ。

とそんな表現で、それを思ったのかどうかは、わからない。ただ、とにかく。

ここではないどこかに行きたい。

自分ではない誰かになりたかった。

そうじゃなかったら、こんなことにはなっていないという、世界と現実すべてへの、強い諦めであり、消えることなき憎悪だった。

男が纏っていたのは、フードだろうか、毛布だろうか。その外套《がいとう》をさばくと、大きな身体をかがめて、知留の涙に濡れた顔を覗《のぞ》き込《こ》む。そうすると、髪の色と同じ睫《まつげ》毛が、ゆっくりと上下するのだ。

瞳の色――カラコンかな、と知留は思った。ウラングラスのように、鮮やかな、緑だった。外国の人間だとしても、自然に持ち得る美しさだとは思えなかった。

そしてやっぱり黄金の光彩が。キラキラ光っている。

ため息が出そうな美しさだった。

「――では、髪を一房」

男は薄い唇をかすかに動かし、低い声で言った。

ノイズのような低音の先、

「あなたさまの髪を、いただけませんか」

意味だけが、はっきりと表れる。「へ？」と知留は、間抜けな返事をした。そして、
自分のフードから、細くて長い三つ編みの、一本を取り出して。

「なに？　欲しいの？　髪、あー、もしかして美容師とか？　いいよ、持ってっていいよ別に」

こんなに綺麗な金髪だもの。あり得そう、って。これは、カットモデルってこと？

あとなんか、髪って使うことがあったっけ。

その時、どうして、初対面の、正体不明の男に、こんなことを言ってしまったのか、
知留にもわからないけれど。

「ちゃんと綺麗に切って」

そんなことだけは言えたのだ。美容院代が浮くのかな、だなんて。ここまで来ても、

全然、どうでもいい、に寄った気持ちだった。

行き場のない、生き場のない心だった。ぐしゃぐしゃで。ばらばらだった。

すると、金の髪の男が身を一歩寄せて。

知留の肩に手を置いた。

爪、割れてる。と知留は思った。ところどころ、血がにじんでいる。白い肌、太い手首に似合わない、ボロボロの、おじいさんみたいな手だって。

戦場にいる人の手みたいだ、と、思ったのはどうしてだろう。

ぱさん、と音がした。自分の耳元で、ほんの少しの重量が、軽くなった。

「え?」

風、いいえ。違うなにか。引力はかすか。髪が切り落とされたのだと、理解するまでしばらくかかった。だとしたら、なにで、どうやって?

知留の髪が、男の手の中にあった。そして、その、髪の切り落とされた耳元に向かって。

黄金の男が、囁く。

「あなたさまはこの世で、われらの位相において一番、価値がある人間です」

まったく不似合いな、おそろしいほど……甘い声で。

「わたくしにとって、なにものよりもうつくしく、なにものよりも尊く、なにものよりなのに、知留は思ってしまった。目をゆっくりと細めて。まなじりから涙を落としながら。

意味を、まったく受け止められなかった。

なに言ってんだろうこいつ、と知留は思った。耳に深く、心に重く響いてもなお。

も重い」

(そうだったらいいのになぁ)

と胃液で苦い口内の、もっと奥、お腹《なか》の底で、あり得ないものを、願った。

なにものよりも、いちばん、たいせつ。

そんなこと、言ってくれるひと、ひとりだっていなかったよ。

大丈夫かって聞いて、大丈夫じゃないって言って。それを、いたわってくれるような人。欲しいと思ったことも、ないけれど。

その時、ゆったりと、男の腕が、知留の背後にまわった。(あ) 抱きしめられると思った。それは知留が一番嫌悪する行為であったはずなのに。

その瞬間は、受け止めてしまった。

そうされたかった、だなんて。

(どうして?)

囁きが、耳に、響く。呪文のように、うたのように。

「わたくしと来ていただけますか。わたくしのために、わたくしの国のために、あなたさまのたつ国のために」

声は、知留のように、否、知留とは違う歓喜で、震えていたような気がした。

「肉体としての死を越え、世界と次元という境界を越え、生まれなおして、いただけますか」

その時に、知留ははじめて気づいた。

（あれ、このひと）

「ええ？」

困惑に、声があがる。

（しゃべってるの、日本語じゃ、）

なくない？ ないよ。外国？ ええでもだって。じゃあ、なんで、自分はどうして。

この言葉がわかるの？

抱きしめる腕に、力がこもる。その腕に、涙が、あふれて。

あるはずのない言葉が落とされる。

「だとしたら、もう、放すことはいたしません」

薄い唇が紡ぐ、そこに、知留の落とされた髪があてられたことを知留は知らない。飲み込まれたことを。結ばれた、ことを。

縁。運命。あらゆる界の層を越えて。

——契約は、なった。

それがこの国の、この世界の言葉ではないのに、なにを示すかを、知留はわかっていた。

彼は言った。


「我が王よ」


風が吹く。真っ暗だった路地裏で、狭かったはずのビルの隙間で。すべての夜のような暗さを、ティッシュのように吹き飛ばす、突風だ。その風は、この世ではかいだことのないにおいをしている。

「！」

知留は悲鳴をあげた。その悲鳴さえ、強い風に飛ばされて、のみ込まれた。

その時、不意に知留はさとったのだ。その直感が正しいのかは確かめようもなかったけれど。

追われていると思っていた。追われていたのは——自分だけでは、なかったのではないか？

空が、裂ける。路地裏に、ばさばさと、降るものがあった。（紙？）なにか書いてある。数字みたい、と知留が思う。それらが、鋭い刃のように、形を変える。キラキラと、きらめきが、流れる星みたいだった。

見とれる間の、耳元への囁きは、うたのようだった。


幸運が、王座にのみ訪れますように。

夜空の星が王の望みを叶え。

すべての邪と禍ごとが及びませぬように。


――幾久しく、王座を黄金となされますよう。


それは、なに、と思う間もなかった。知留の身体は抱きしめられた。

強く、強く。

あらんかぎりの、力だった。伝えられたことのないぬくもりだった。感じたことがない、それは、これは、なんだろうと思った、その瞬間だった。

知留を抱きしめた、男の首が。

とんだ。

そして、知留の世界は、暗転した。——もしかしたら、永遠に。

立花知留《たちばなともる》。
享年十五。
それが——「この世界」に残った、彼女の最後の痕跡だ。
今の段階では、まだ。

第二章　思い出をつむぐ糸の国

◆

　男がひとり、立っている。

　石造りの冷たい、狭い部屋である。その前方に男は立ち、書を繰りながらなにものかに話をしている。

　男は鞭《むち》のひとつも持っていなかったが、確かに教鞭《きょうべん》をとっているようだった。

　やわらかなものごし、穏やかな声で話すのは、男の生まれた国の成り立ちと、歴史の話である。


「この国の成り立ちを、どこまで理解していただけましたか？　もちろんこんな座学だけでなく、この国に生きれば、実感として伴っていくことばかりでしょう。そして私は何度でも、この国について語る用意があります。

　リスターンが織物と刺繍の国であることは、長い歴史の中で、独立を保つこの国のあり方が証明をしています。

　東西に構えるは、どちらも好戦的な国です。薬国ドンファン、術国バアラ。長く折衝を続けながら、もちろん生活と文化は、お互いに影響を与え続けています。特にドンフ少女が、ころげながら逃げていた。

白い霧の中だった。

苔《こけ》むして隆起した大地。朝か夕かもわからないほどの、濃い霧の中だ。周囲の木々は灰色でただれている。その中をかきわけるように、少女が走っている。

少女は追われていた。なにに追われているのかもわからなかった。荒い息だけが、まだ自分が標的とされていることを示してくる。

なにが、来ているのかわからない。けれどなんであっても同じことだと思った。追いかけてくるのは黒い影だ。夜そのもの。恐怖そのもの。もしかしたら亡霊にも近しいものかもしれない。

走り続けていたために心臓が痛んだ。恐怖から、汗は止まっていたけれど、代わりにまなじりから涙がこぼれた。

恐怖に追い立てられている。影に見とがめられることを恐れて、足を止めることが出来ない。

ぐっと渇いた喉を鳴らし、自分の腕につかんでいるものを抱きしめた。

少女は布をつかんでいた。分厚く、重量のあるものだ。しかしその重さを負荷とは感じていないようだった。

鬱蒼《うっそう》とした木々の枝が、抱きしめる布の垂れた生地に引っかかって端を引いた。それは金糸を織り込んだ、夜の色をしたマントだった。びくりと少女が身体をこわばらせ、マントの糸がほつれぬように、注意深く丸めて抱きなおしながらまた走り出した。

どこに逃げようとしているのかも、自分でわからなかった。安心出来るところも、安全なところも、思いつくことはなかった。

ただ、追うものの性質は知れていた。それは、恐怖だ。

恐ろしいものからは、逃げなければならないだろう。かつて――いつか、いつだったかわからないけれど、自分がそうしてきたように。

やがて木々が薄くなり、街道に出る予感に充血した目を輝かせた、その時だった。

低いうなりが耳に届き、少女は振り返る。その形を知覚出来るほど、追うものが近くまで迫っていた。大きなオオカミに似た獣だった。飛びかかってきた四つ足の獣が、少女の足に歯を立てた。

「ああっ」

少女は甲高い悲鳴をあげて倒れ込んだ。

木の根元に倒れながら、これだけはとかばうようにマントを抱きしめた。興奮した獣は、そのまま少女の細く白い足に再度深く噛みつこうと、大きく赤い口を開けた。

霧の中、風を切る音。

「！」

火のついた矢が、四つ足の獣の横腹を射た。衝撃ではじかれるように倒れる。炎が燃え移り、ごうと音を立てた。やがて深い霧がその炎を舐《な》め尽《つ》くす頃には、肉の焦げたにおいだけがあたりにただよった。

ぜえ、ぜ、と少女は肩で息をしていた。肺の痛み。足の痛み。物理的な、質感を伴う恐怖。それが生の実感だとは、到底思えなかった。

ぱらぱらぱらっと、汗のように、涙がこぼれた。汚れた手で、その涙を乱暴に拭い去った。視界がにじんだままでは、危険を察知出来ないからだ。

一瞬、空を見上げた。大きく茂る枯れ葉で、空は見えない。

けれど、助け、は、空から来る、ような気がしたのは。

きっと……きっと、なんだったのだろう？

近づいてくるのは、先のそれよりももっと大きな獣の気配。起き上がり、逃げなければならないと本能が告げるが、腰が抜けてしまっていて、立ち上がれそうもなかった。

「生きているか」

人の声がした。驚いたことに、低くはあったが、女の声に聞こえた。

「子供が、こんな場所に？」

続く言葉に、少女がそちらを向く。

霧の向こうから現れたのは、騾《ら》馬《ば》に乗った体格のいい人間だった。長く赤い巻き毛をしていた。頭に巻いた布をずらすと、そばかすだらけの顔で、少女を見下ろした。濃い色の赤い瞳だった。いくつもの布と、古びた甲冑《かっちゅう》のような鎧《よろい》を纏っていた。

美しさより先に迫力を感じた。目を見張るほど、馬に乗って座っていてもわかるほどに大柄な——けれど間違いなく、女だ。

「孤児か。噛みつかれたようだな。しばし動かずにいろ」

馬上の女はそんな風に少女に命じた。

剣をさげ弓を背負う女からは獣の脂のにおいがしていた。

「隊長！」

また違う馬の足音がした。「ここだ！　怪我《けが》をした子供がいる！　消毒と、祝布《しゅくふ》を！」霧の中で隊長と呼ばれた女が声をあげる。複数の人間が近寄ってくる気配がする。

女は少女を、さだめるように見た。

少女は自覚なく荷を抱きしめる手に力をこめながら、はりつめた頭の片隅で考える。

これは、自分を追ってきた「恐怖」だろうか。それとも、別のものだろうか。

なにから逃げていたのかわからないから、この相手が、自分の逃げるべき対象なのかもわからない。

鎧を着た男がやってきて、少女のもとにしゃがみ込み、さっと冷たい布で傷跡を拭き取ると、鮮やかな刺繍のついたスカーフのような布を彼女の傷に巻き付けた。

強く締め上げたわけでもなかったが、その布を巻いた細い足が、ゆっくりと熱を持った気がした。痛みを誘発するような熱ではなく、もっと、あたたかなものだ。少女が目を細めて凝視すれば、刺繡の糸の一本一本がゆっくりと、息づくように光っているように見えた。

それは不思議な光景だった。見入っているうちに、足の痛みはすっと消え、長く走り続けた、肺の痛みだけになった。

しゃがんでいた男が布をほどくと、さきまで血のにじんでいた傷が、すっかりとはいわないまでも、ほとんど乾いて塞がりかけていた。

そうしている間、馬上の女は少女を見下ろしていた。へたり込む少女に手を差し伸べることはなかったが、きりりとした眉を上げ、

「珍しい服を着ているな」

と警戒するように言った。

少女はそこではじめて、相手ではなく、自分の姿を見た。

革で出来た靴を履いていた。締め付けのしっかりとした、白い靴下をはいていた。そこから伸びていく足は白く、素肌は汚れていたがなめらかだった。そして襞《ひだ》の深いスカートは、短すぎるような気も、した。しかし自分でこの長さを選んだような気も。服の色は深い黒。赤いラインがごくたまに伸び、大きな襟がついている。

珍しい服だと女は言った。少女もまた、自分がなぜ、こんな服を着ているのか理解が出来なかった。珍しいのかどうかも、わからない。

腕の中には小さく丸めた布のかたまりがあった。だらりと端が垂れ下がっているのは、哀れに首元が引き裂かれたマントだった。

それだけが、少女の今の持ち物だった。両手にはなにもなく、その肩にもなにもなかった。空腹を覚えているような気がしたが、それも強い疲労でかき消えていた。自分がどこから来たのかわからず、そしてこれからどこに行くのかさえもわからないのに、この破れた布が、自分のものだということだけはわかるのだった。強い恐怖にとりつかれていた時にはわからなかった、自己の乖離《かいり》を感じた。夢の中にいるような、自分という人間を遠くから眺めているような、奇妙な感覚だ。

ここは、どこ。

わたしは……。

「言葉がわかるか」

女の問いに、少女は自分の首が動くことを確かめるようにこくりと頷いた。言葉は、わかる。今、なんと問われたのか。この人が、なにを言っているか。

なのに、身体がすべて他人のもののようだ。どうしてここにいるのか、どこから来て、どこに行くのかまったくわからない。そして……わからないことが、穏やかに、救いにさえ感じられる。追いかけられている、という強い恐怖がない今は、もう。

ただ、思考が停止する、肉体の疲労があるだけだ。

「名前は？」

重ねて問われてゆっくりと、少女は惑うように自分のうなじをなぜた。そしてその時、自分の細いおさげが、片方しかないことに気づいたのだ。

自分で切った覚えはなかった。鋭利な刃のような切り裂きで、片方の長い三つ編みを、失ってしまったのだと、思い出したのではなく、理解した。

でもそれも、他人のことのようだった。

ただ、わかることは、ひとつだけ。

「チル」

口に出してみて、確信をした。そうだ、これが、自分の名前だった。

「名前は、チル」

チル。年は確か、十四だったか、十五だったか。思考がたどりつき、言葉として発せられる。そしてゆっくりと時間をかけて、用心深く、チルは立ち上がった。もう、痛みはなかった。自分の名前がわかるということが、少女自身を立ち上がらせる力になったのかもしれない。

人の手の入らない森に立つには、あまりに無防備な細い手足だった。焦げ茶の髪に、ひとつだけのアンバランスなおさげをしていた。

「チル。己の出自はわかるか？」

重ねて生まれを問われて、チルはしばし考え込むように目を細めた。あたりの霧はまだ晴れず、森は白く薄暗かった。

行きたい場所なんてどこにもなかったのかもしれない、と唐突に思った。それは同時に、来た場所さえもどこでもいいということなのかもしれないと。

女は、それ以上強く追及はしなかった。

「私はマニージェ」

重々しい礼句のように自分の名を告げた。

「旧宮廷軍隊長のマニージェ・ラティフィだ」

その肩書きについて、チルは理解が追いつかなかった。宮廷と、軍隊、という言葉が、脳の表面をすべっていった。

マニージェという名前だけは、逃がさないようにどうにか記憶に焼き付ける。騾馬から下りないマニージェはやはり女には見えないような、ごつい身体をしていた。

チルは唇を震わせる。

「名前、のほかを、わたし、覚えて、いない。……いません」

言葉はわかった。覚えていた。それなのに、自分がどんなしゃべり方をしていたのか、忘れてしまったようだ。

生き方が断絶している。ちぎれてしまっている、と思った。

探さなければ。見つけなければ。思い出さなければならないと思う。その一方で、あるいは……忘れていてもよかったのかもしれないと思った。そんなに、大切ではなかったのかもしれない。

自分の、生き方なんて。

「ここは、どこ……ですか」

長い長い眠りから覚めて、もはや眠る前とは、別の生き物になってしまったような曖昧さの中で、チルは呆然とそう呟いた。

ふん、とマニージェは鼻を鳴らす。

「生きたければついてこい。子供のひとりくらいは、飢えずに安全に、眠ることが出来るだろう」

後ろから来た一団に合流をするように身を翻しマニージェは言った。

「代わりにお前には、その荷を説明する義務がある」

荷物。自分をかえりみるが、そんなものは、ひとつしかなかった。

胸に抱く、ひとかかえ。

灰色の森。甲冑の女。破れたマント。

る。

――チルという少女の、「この世界」の記憶は、間違いなく、ここからはじまってい

焼け焦げたような、喉の奥にからい風が吹いている。

チルが駆けて出てきたのは、不死鳥が生まれるとされる古い森なのだという。砂漠と草原の多いこの国で、古い力が眠るとされる森。危険も多く、罪人が逃げ込むようなこともなければ、近づく者はいないはずだと、手綱を握るマニージェは馬上から言った。

その森と、広い砂漠、そして草原を抱く国の名はリスターン。

「織物と、刺繍の国だ」

そう彼女は説明をしたが、具体的にどんなものなのか、チルは脳裏に描くことは難しかった。

マニージェ達は十人にも満たない集団で、大きな地図をよく覗いていた。そして荒野を計測器ではかると、なんらかの法則に従って、枯れた大地になにかをまいているようだった。

みな甲冑を纏い剣をさげて、荷は馬に積んでいた。マニージェ以外は男性だったが、隊長と呼ばれるマニージェが指揮をとっているようだ。

「向こうの湿原は腐食がひどいようです。火が間に合わなかったために、毒をまいたのかもしれません。種を蒔《ま》いても無駄かもしれません」

報告に来た男に、「無駄かどうかは、芽吹かないとわからない。毒素が出ているなら私が行く」と言ったマニージェを、慌てた部下達が止めた。若く名乗りをあげたものが、騾馬を下り歩いてそちらに向かうようだった。

乾いた強い風が吹きぬける。チルは、髪をなくした方の首元を押さえた。

「寒くはないか」

ふと、立ち尽くしているチルに、馬上からマニージェが問いかける。チルは首を振る。

「足の方は？」

問われてはじめて、自分の足を見た。ほとんど傷は塞がっていた。「あれは、魔法？」そうチルが聞けば、「そう呼ぶものもある」とマニージェは頷いた。

「この国では、意味のある紋様はそれだけで特別な力を発する」

だが、と続けた。

「お前にはことさらよく効くようだ」

赤い目が、馬上からチルを射貫《いぬ》いた。その鋭さに、チルは戸惑い眉を寄せる。

「紋様のことはなにも覚えていないんだな。この国で、女であれば、刺繡の意匠のひとつやふたつは、目をつむっていても描けるはずだが」

チルは首を振った。心当たりはまったくなく、彼らの纏う鮮やかな刺繍が、どれも目に新しかった。

この国で、女、と呼ばれる者が当然知っているものを、わかってはいないのだと思った。

「種を」

マニージェが部下に短く指示し、チルが受け取ったのは、片方の手の平にのるほどの、小さな種だった。

「そこに、少し蒔いてごらん」

マニージェが示したのは、すぐ目の前の荒れ地だった。そこに、幾重も、円形の紋様が描かれるように、種が蒔かれているのだとわかった。チルはおずおずと地に膝をつくと、その端に種を加えるように蒔いた。

芽吹きはもっと先なのだろう。土と草のことはなにもわからなかったが、そっと、土を押さえるように、細い指先をあてる。

ぴり、と痺れのような軽い刺激があり、チルは目をまばたかせた。腕のマントを抱え直し、もう一度、確かめるように土を押さえる。ぐっと。

次の瞬間だった。

「!」

ぶわりと一瞬、大地が揺れた、ような気がした。黒い種を蒔いたその細い「道」に黄金のようなうねりが流れた、と思った次の瞬間には、黒かった種が一斉に、白い芽を出したのが、はっきりとわかった。

どよめきが隊員の間から起こる。

「チル！」

思わず身をそらしたチルに、マニージェから鋭い呼び声があがった。

「なにかしたか」

馬とともにそばに寄ってきたマニージェに、チルは慌てて立ち上がって首を振った。

「な、にも……」

何度も、自分の手を握る。なにもしていないが、なにかが起こった、ことは確かにチルにもわかったのだ。

「隊長！」

先に声をあげた者が息を切らして戻ってきた。その報告を聞き、マニージェはしばらく考え込んでいたが、「少しのぼるぞ」と隊を率いて見晴らしのいい丘にのぼった。

そこからあたりを一望し、チルは息をのむ。

ところどころに広がっている場所は、焼けた畑だとマニージェが語った。地面は割れ、水は涸《か》れていた。木々はみな病気をわずらっているようだった。かと思えば、溶けた獣の死体が山となっていた。

チルは言いようのない感情に顔を歪《ゆが》めた。そこには、残骸があった。人間が、生きていたであろう暮らしの、その焼け跡があった。いくつも。

しかしその中で、大地を走るように、白く細い道が見えた。それが、彼らが蒔いていた「種」のあとであることを、チルはマニージェが口にする前に気づいた。

「すごい」

小さな呟きは、自然に口をついて出た。

荒れた土地、その一帯に描かれた、その意匠は複雑で、しかし浮かび上がるようだった。

刺繍のように広がる白い線は、小さな新芽達だった。

「本来、まだ芽吹くはずがなかった種だ」

とマニージェが告げた。芽吹くはずのなかったものが、芽吹いた。その瞬間を、チルは確かに見た。

見ろ、とマニージェが明らかに黒ずんで濁った大地の一角を差した。

「毒素をたくわえた湿地にも、種は芽吹き、根付こうとしている。これは、大地に力が流れた証拠だ」

チルが顔を上げると、マニージェの赤い瞳が、チルをひたと見据えていた。

「隊長」

集落を見回っていた隊員が、なにかの切れ端のようなものを差し出した。

マニージェは大きく舌打ちをしながら、その切れ端を乱暴につかんだあと、一団を率いるために声をはった。

チルは荷車に、眠る子供達と一緒に乗せられた。チルは少しでも子供達がやわらかな場所で眠れるように、破れたマントを膝に敷き、子供達の頭を乗せた。目を覚ますかと思ったけれど、それはなく、自分よりもかすかにはやい子供達の拍動を聞いているうちに、いつの間にか、同じ眠りの淵《ふち》に落ちていった。

次にチルがはっと目を覚ますと、まず朦朧《もうろう》とした中で自分の記憶をたぐりよせた。断絶からくる、不安と焦燥。

チルと自分が名乗ったこと。マニージェという女。一団と、小さな子供達。拾い上げられる記憶は少なかったが、それらを数えると、たちこめていた暗雲が薄くなるように心はひとまずの落ち着きを取り戻した。

まだ心は少し、煙たく感じられるけれど。

眠っていた幼子達は膝から消えていたが、すぐ外にたくさんのひとの気配があった。

マニージェ達の一団が、帰ろうと言った、その場所に到着しているようだった。

隠れ里だ、とマニージェ達は呼んでいた。膝のマントを抱き直し、荷車から降りると、そこには小さな集落が広がっていた。外からはほとんど見えないような周囲の緑の深い山場だった。岩場をくりぬいた洞窟のそばに、いくつもの移動式の住居が置かれていた。

マニージェ達一団は到着したばかりのようで、子供達と女性達が隊員達を取り囲んでいた。

「チル！」

マニージェがチルを呼ぶ。一斉に女性の視線がチルのもとに集まった。チルがどんな顔をしていいかわからず口先をまごつかせていると、

「マニージェ」

奥から、物腰のやわらかな男性がマニージェの前に現れた。視線が今度は一斉に、そちらに流れる。隊員以外は女性ばかりの集落で、司祭のような長衣《ながぎぬ》を着て、片眼鏡をかけた男性だった。

「よく戻りました、全員無事ですか」

「私達に衝突はなかったが……はぐれて残っていたタブリーズの工房がやられていた」

マニージェの短い返答に、眼鏡の男性がはっとした顔をする。

「三日前までは無事だったと聞いている。悪い予感があって立ち寄ったが、遅かった。

女達はひとりも残ってはいなかった。工房を守っていた男達は、もう──」

「誰の手かわかりましたか」

男性の言葉に、マニージェが投げ捨てるように渡したのは切れ端だった。男はその、織りと紋様を確かめた。

「この織りは、バアラですね。こんな内陸部まで……」

「流れている血は少なかった。あの工房には護衛の男はほとんどいなかったはずだ。女達はまだ生きている。そう信じるしかない」

「それでも、ひどい話です」

男性は沈痛な面持ちだった。

「子供が三人、隠されていた。助けが来る前にパニックにならないようにだろう。深く眠る魔術がかけられていた。目が覚めたら先生の方で話を聞いてやって欲しい」

マニージェが言うと、「もちろん」と男は頷いた。

「先生」と呼ばれた男は、騾馬達の間に所在なく立ち尽くしているチルに目を留めたようだった。

「……その子は？」

工房の子ではありませんね、という言葉にマニージェはチルを振り返り、

「不死鳥の森の入り口で獣に襲われているところを助けた。孤児かと思ったが……」

なんらかの目配せをすると、男は頷いた。

言外のやりとりを感じて、チルは居心地悪く、自分の荷物を抱き上げなおした。

マニージェ達は女達に荷物を渡し終わると、ひとつの家屋にチルを導き、座らせた。

鮮やかな絨毯《じゅうたん》の敷かれた、それだけで豪奢《ごうしゃ》な家屋だった。

マニージェは鎧もおろさず、一番奥に男のようにあぐらをかいた。その隣には、先生と呼ばれた男もいる。他にも、隊の人間達がいた。

たきしめられた香の煙の中で、小さく身体を縮めながらチルは、美しい絨毯の上に座り込んだ。

「お前が何者かはわからないが」

少し歴史の話をしてやろう、とマニージェは言った。

「今、滅びかけているこの国の歴史だ。王を擁した宮殿は放棄され、東西両方から隣国に攻め入られている。戦地と化したこの国で、生き残ったリスターンの民を助け出すのが、私達旧宮廷軍の仕事だ」

「軍隊」

チルが聞き返した。マニージェは続ける。

「それももう過ぎ去った話だ。今は小さな盗賊ほどの力しか持たない。かつてはこの国で、騎士のようなものだったよ。私は、その血筋だ。もっとも、騒乱の中で親も倒れ、宮殿も落ちたが……」

　そこでマニージェの精悍《せいかん》な表情に影が落ちた。簡単に言葉に出来るものだけではない、苦しみがあるようだった。

　今この国はいくつかの派閥に分かれて力を拮抗《きっこう》させている、とマニージェは語った。東と西から、まったく別の侵攻があるのだと。チルには難解な話だった。

「私達は国土を守る。その領地と……営みを」

　この現状が、どういうことかわかるか、とマニージェは問う。

　チルは用心深く息を殺しながら、おそるおそるその言葉を口にした。

「戦争をしている、ということ？」

　自分のそれを、なんて薄っぺらな言葉だろうと思いながら。

　マニージェは視線を鋭くする。

「大きな意味では、そうだ。侵攻をされている、という言い方の方が正しい」

　広がる絨毯をなでながら、リスターンは刺繍と織物の国だとマニージェは繰り返した。織師である女達が紡ぐのは特別な織物で、その意匠は魔力を帯び、莫大な富を生み、交易で栄えてきた。

　しかしその技術と、文化を奪い取ろうとする者達がいると彼女は言った。外側だけではない、この混乱に乗じて、この国を内側から乗っ取ろうとする者もいると。

「私達の行うことは織師である女達を助け出し、隠し、やりすごすことだ」

「やりすごす」

チルは繰り返した。「そうだ」とマニージェは言った。女を逃がし、匿《かくま》い、さらわれた者達を取り戻すのが自分達の務めであると。

しかしチルはすぐには納得が出来なかった。そうしたところで、どうなるのだろうと思った。

「やりすごしたら、戦争は終わるの？」

かすれた声で、チルは言う。顔色をうかがうように。

マニージェは小さく笑った。笑っていたが、怒りのような、壮絶な表情だった。

「待っているだけじゃ終わらないだろうな」

それはそうだろう。それくらいは、チルにもわかっていた。ならば、やりすごしてどうするのか。マニージェは立ち上がった。

背の低い住居は、彼女のつむじが天蓋ぎりぎりでもあった。そして彼女は、腰に刀を差したままで、チルを見下ろし言った。

「私達は王を待っている」

その言葉に、チルは自分の腕に知らず力をこめた。

（王）

とは、なんだろう？

なぜ、今、自分はこの里のひと達に取り囲まれ。

こんな風に、男達から睨《にら》まれているのだろうか。

マニージェは殺気を隠すこともしなかったが、しかし声色はあくまで落ち着き丁重に、告げた。

「お前の持つ、そのマントを広げて見せてくれないか」

それは意外な言葉だった。チルは自分の腕の中を見る。

（これ？）

確かに、これは——自分のマントである、とチルは思った。なぜそんな風に思ったのかは、わからなかったが。

これは、わたしのものだ。

「黄金とされる王座について。古い伝承を知っているか」

チルが知るはずもないことを、わざわざマニージェは聞いた。マニージェは朗々と続けた。

「この国では王は血筋では決まらない。聖獣が王を選び、座に据える。王とは国の源であり、王が立てば、この国は立ち直る」

王とは国力であり、国威そのものである。

マニージェはそう宣言をした。にわかには、チルには信じられなかった。

「崩れた国を立て直すため、我らは王を待っている。聖獣クリキュラが、次王を連れてくることを」

「クリキュラ」

その名を口の中で転がしたのは、無意識のことだった。クリキュラ。聖なる獣。

「そうだ。王を選ぶ獣だ。……本当に、知らないか」

チルは弱々しく首を振った。ここまで、それについて、知っていることはなにひとつなかった、はずだった。ただ、胸が騒いだ。

(探さなければならない)

何を？

(取り戻さなければ)

誰を？

硬直しているチルに、マニージェは命じた。今度は、少しばかり優しい口調で。

「そのマントを見せてごらん」

決してお前から、奪うことはしない、とマニージェは先にそう約束した。チルは言われるがまま、腕の中でまるめていたマントを、絨毯の上に広げた。

咳払《せきばら》いひとつせず控えていた屈強な男達が、息をのむのがわかった。

とは、なんだろう？

なぜ、今、自分はこの里のひと達に取り囲まれ。

こんな風に、男達から睨《にら》まれているのだろうか。

マニージェは殺気を隠すこともしなかったが、しかし声色はあくまで落ち着き丁重に、告げた。

「お前の持つ、そのマントを広げて見せてくれないか」

それは意外な言葉だった。チルは自分の腕の中を見る。

（これ？）

確かに、これは――自分のマントである、とチルは思った。なぜそんな風に思ったのかは、わからなかったが。

これは、わたしのものだ。

「黄金とされる王座について。古い伝承を知っているか」

チルが知るはずもないことを、わざわざマニージェは聞いた。マニージェは朗々と続けた。

「この国では王は血筋では決まらない。聖獣が王を選び、座に据える。王とは国の源であり、王が立てば、この国は立ち直る」

王とは国力であり、国威そのものである。

マニージェはそう宣言をした。にわかには、チルには信じられなかった。

「崩れた国を立て直すため、我らは王を待っている。聖獣クリキュラが、次王を連れてくることを」

「クリキュラ」

その名を口の中で転がしたのは、無意識のことだった。クリキュラ。聖なる獣。

「そうだ。王を選ぶ獣だ。……本当に、知らないか」

チルは弱々しく首を振った。ここまで、それについて、知っていることはなにひとつなかった、はずだった。ただ、胸が騒いだ。

(探さなければならない)

何を？

(取り戻さなければ)

誰を？

硬直しているチルに、マニージェは命じた。今度は、少しばかり優しい口調で。

「そのマントを見せてごらん」

決してお前から、奪うことはしない、とマニージェは先にそう約束した。チルは言われるがまま、腕の中でまるめていたマントを、絨毯の上に広げた。

咳払《せきばら》いひとつせず控えていた屈強な男達が、息をのむのがわかった。

「チル、お前はこの国の者ではないかもしれない」

隊員達は一歩下がり、おしだまって、マニージェの言葉を聞いている。

「しかし、この国にとって、黄金に等しい重さの者なのかもしれない」

黄金、という言葉が、チルの脳裏を焼いた。目を伏せると、まぶたの裏に光る、星のようなきらめきがあった。それを追いかけようとすると目眩《めまい》になる。チルはよろめかないよう、荷物を抱きしめる腕に、力を込めた。

マニージェがまだなにか声をかけようとした、その時だった。

「隊長！」

息を切らせてマニージェ達一団を追ってきた隊員がいた。戻ってくる。単語をいくつか、マニージェに伝えると、マニージェが騾馬の脇腹を叩いた。

チルも荷車に入るように言われ、一団が足場の悪い荒野を駆けた。

進んでいくと、強い火薬のにおい。チルは抱えていたマントで口元を覆った。

「止めろ！」

馬上でくるりと振り返ったマニージェが、言葉でチル達を鋭く射《う》った。チルは自分がそうしようと思った自覚もないまま、静止をしていた。

「そこで待っていろ」

強い言葉だった。チルはそのまま、彼女らの行く背を見送った。

そこは岩場の中でも開けた場所だった。

いくつかの建物のあとが見て取れたが、しかし、そのどれもが焼け焦げた骨組みだけになっている。人間の営みが、無残に砕かれていた。

なにかの袋のようなものが落ちていた。隊員達が駆けより、抱え起こす。

倒れていた人間だった「もの」だと気づいた時には、チルはそこから目を背けていた。ドクドクと、チルの耳の奥の血管が濁流のような音を立てた。

血はもう流れてはいなかった。流れた血は、乾いてしまっていた。

「誰か、息のある者はないか！」

マニージェが声をはりあげる。

しかし、誰も答えない。全滅かと思われたその時、崩れた住居の下から、掘り出されるようにして地下倉庫のような場所が現れた。

「隊長、こちらに！」

「しっかりしろ！」

そこから取り出されたのは子供だった。チルの目が、そちらに吸い寄せられた。青白い顔で目を閉じている様子に、最悪の事態を思い浮かべてチルは血が引いていくような気持ちになったが、胸に耳をあてた者が、「まだ息がある！」と叫んだ。

「チル！」

ァンの洞窟にある壁画は、私達の国の持つ意匠とルーツを同じくするという学派もあります。しかし彼らの壁画は、純然たる芸術であり、我が国のような神秘を持ち得ません。ドンファンもバァラも、我が国とは対極の方角へは、侵略し、領地を拡《ひろ》げてきたという歴史があります。

しかし、リスターンはその侵略を許してはきませんでした。それは、この国がこの国であったからこそ保てた独立です。同時に……同じ理由から、他国への侵略も難しいのではないかと、私は考えています。つまり、リスターンでない大地には、リスターンの糸が紡げない。だとしたら……大地にリスターンと名をつけるのは誰の役割なのでしょう。

ここで、私は逆説的に、王のあり方というものを考えるのです。

ここは、王あっての国です。国のための王であり、同時に王のための国だとさえいえましょう。事実、先王の崩御は、危ういままに続いていた、近隣諸国との均衡を、いともたやすく崩壊させてしまいました。その結果として、国土がどのように荒れ果てたかは——その目で見ていただく方が、きっと歴然たることでしょう。それとももう、わかっておいででしょうか。私はここで、言葉を尽くしますが、言葉には尽くせない、そんなことも、確かに多くあるのです。

今、この国は枯れ、貧しています。

その原因は、長く王座を空席にしたからに違いありません。王は我ら民よりも長命です。ですから、このような厳しい代替わりが行われるとは、誰も実感として考えてはいませんでした。

──早急に、王座を埋めねばなりません。

今危機に晒《さら》されているのは、民の命ばかりではありません。燃やされた畑はよみがえらず、放たれた家畜も、同じ形で戻ることはないでしょう。なにより失われた技術、意匠、そのすべてが、リスターンの歴史そのものの損失に他なりません。

すみやかなる、王の即位を。

そのためならば……私は、いかなる手も尽くしましょう。

それは、この国の民の総意に他なりません」

どうか、と男は祈るように目を閉じる。

王座に黄金を。今は、ひとときたりとも猶予は残されてはおりません。

──新しい王よ、どうか。

◆

突然名前を呼ばれて、チルが肩を揺らす。マニージェが両腕に三人の子供を抱えたままチルのもとに駆けてきた。

幼子のことはわからなかったが、一番小さい子供はまだ満足に立てもしないであろう大きさだった。三人とも、それぞれ見事な織物にくるまれるようにして、静かな寝息を立てていた。

「抱きしめてやってくれないか」

思い詰めた顔で、マニージェがそう言った。乞う、と表現出来るほど強い言葉だった。

「わたし……わたしが？」

すぐには理解出来ず、思わず聞き返してしまう。しっかりと、マニージェが頷いた。

「そうだ。ひとりずつ。頼む」

そうして差し出されれば、不安定な片腕に抱かれているため、チルが受け取るより他なかった。ぎこちなく、やり方もわからずに、それでも言われるままに、チルがその小さな命を抱きしめる。

「………」

想像するよりもかたい身体だった。けれど奥に確かなやわらかさを感じ、あたたかさが、強くなったような気がした。

心なしか、眠る子供達の顔色もよくなっているかのような。

「刺繍に力が戻った」

泣きそうな、一方で淡く微笑《ほほえ》むような複雑な表情で、マニージェが囁くように言った。

「この刺繍は強い眠りの意匠だが、同時に心身を穏やかにする意匠も重ねてある。ずいぶん古く、立派なものだ。大切にされていたのだろう」

彼女の言葉の意味はうまくとれなかったが、チルはかわるがわる、同じようにしてやった。マニージェが慈しみを宿した目で眠る子供達を覗き込み、確信をしたように言った。

「この子達は助かる」

道理も、根拠もわからなかったけれど、そう言われるだけで、目の奥が熱くなるのがわかった。最後に受け取った子供が一番大きかった。靴を履いたままの足が、織物からはみ出している。ぐっと身体を丸めるようにして、昏々《こんこん》と眠り続けていた。

その、くるくると巻いた髪の、頭のてっぺんに、チルは鼻を寄せる。あまい、おひさまのような、命のにおいだと思った。

連れ帰ろう、とマニージェが言う。数歩後ろに控えていた隊員が声をかける。

「こちらの者達は」

「改めて弔いに来る。骸布《がいふ》を巻いてやれ」

そんな指示を機敏に送る中で、

そこに広がったのは、ひとつの夜のようだった。流星が糸を引くように、複雑な紋様が金糸で織り込まれていた。

ただ、マントは大きくフードから襟元が裂かれていた。その傷、損失を思うと、チルも胸が締め付けられるようだった。

マニージェはマントに指を伸ばし、その表面をなぞろうとして……中空をなぞるにとどめた。

「これをどこで手に入れた？」

問われるが、チルは迷うように目を伏せた。

「わからない」

なにも、わからない。どうして自分がこれを持っていたのか。くれたのは親か、それとも別の誰かなのか。

ただ、クリキュラ。その名を思うと――胸が痛くて仕方がなかった。本当に、それがどうしてなのかはわからなかったが……孤独のような、さみしさが胸をつくのだ。

チルはマントの端を握りしめ、うなだれる。

マニージェはチルに歩みより、そっと肩に手を置こうとしたが、その行為を恐れ多く思ったのか、実際に触れることはなかった。

そしてぐっと拳を固めて、チルを見下ろし、言った。

「この国では王は冠ではなくマントを纏う。クリキュラが下賜せしマント。それすなわち王の選定であると伝承には記されている。……私達も、このマントが本当に聖獣王のマントであるのかは、判別がつかない。だが……」

それは、懇願のような、祈るような言葉だった。

「私の父は長く、王のそばで、宮廷軍の隊長を務めていた。その娘として言わせてもらえば、チル。お前には……王の資格があるように思える」

「資格……？」

呆然とチルがその言葉を繰り返す。王などというものがわからないのに。資格だなんて。糸。織物。意匠。種。子供。熱。

でも、それよりも、そんなことよりも。

チルは激しい頭痛に頭を抱えた。マントの上に、身体を丸めるように小さくなった。

「チル。大丈夫か」

マニージェが焦りをにじませ声をかけた。

チルが身体を震わせながら、絞り出すように言った。

「くり……きゅら、は……どこに……？」

それが、誰か。

それがなにかは、チルにはわからなかったけれど。

どこにいるの。どこかにいるなら会わせて欲しいと、心の底から思った。

チルの問いかけに、顔を上げずとも、マニージェが苦い顔をしたことが、チルにもわかった。

「私達もクリキュラを探している」

そして、クリキュラは……王を探しているはずだとマニージェは言った。

いたちごっこ、追いかけっこみたい、と痛みの中でチルはおどけるように思った。泣きたくなった。そんなことなんてないと、心のどこかが叫ぶから。

追いかけられてなんかないし、追いかけても、追いつくことはない。そんな絶望がある。説明は出来ないけれど。

けれどマニージェは、クリキュラがいれば、それだけで。それこそが真の証明となると繰り返した。

「いずれにせよ、この国の聖獣であり、神威《かむい》であったはずのクリキュラが王を探すため行方知れずになって、ずいぶんたつ。お前の持つマントは、今のところ唯一の、クリキュラへの手がかりだ」

このマントを繕い直そう、とマニージェがチルの前に膝をつき、言う。果たしてこのマントが聖獣王のそれでなくとも、価値と力があるものであることは間違いがない。繕い直すことで、お前も思い出すことがあるだろうと。

チルにはなにもわからない、わからなかったが……自分ひとりで判断出来るような自由も、与えられていないとわかった。もちろん、今更ここで自由を得たところで、チルには行くべきところも、帰るべき場所もない。

このマントが修復出来るのならば、その方がいいと思った。

そして、せめて誰か頼れる相手のそばで、安全地帯にいられる方がいい。

今は甘んじて彼らの庇護《ひご》に入るとして。「もしも」とチルは聞いた。

マントの意匠に手をあてながら。

「もし、これが、その、伝説のマントで。わたしが持ち主だったら――」

マニージェの答えははやかった。

「お前がこの国の王となる」

まさか、とチルは思った。そんなことあるはずがない。冗談が過ぎる。荒唐無稽な話だと。

けれど周りの誰もが笑わなかった。チルの顔に浮かんだ困惑の表情を見たマニージェは、冷たい声で告げた。

「そうでなければ、この国は遠からず滅ぶだけだ」

今日はひとまず、この幌《ほろ》で休息をとるがいい、とマニージェ。明日の朝ははやいと告げて、チルを自分達の集落に置くことにした。

「チル、こちらにいらっしゃい」

　里の女達はほとんどが子を持ち、集団で生活をしているようだった。刺繡も織物も、大型のものは多くの職人が長い年月をかけて織り上げるものなのだという。

　古い暮らしなのだとチルは思う。古い？　なにと比べてだろう。

　攻め入られて逃げ惑う前から、集団で織物をする女達は、集団で子を育てるのだとマニージェは語っていた。

　だからひとりくらい増えたところで迷惑なんかではない、と女達は笑った。

　チルはずっと据わりの悪いような、そわそわした気持ちでいた。どう考えてもよそものである自分が、いたわりを受けたり、慰められるたびに、どうしてと勘ぐってしまう。きっと女達には、大きな理由なんてないのだろう。

　あなたは子供だから、と女達は言った。

　そして「マニージェの大切なお客様」だ、という女達は、チルのことを、どれくらい彼女から聞いているのかは、わからない。

　どんな配慮も、チルには居心地が悪く、萎縮してしまう。けれど出される食事はあたたかく、疲れ切った胃に染みた。量は食べられなかったけれど、空腹が満たされた。

いびつな髪にはブラシが入れられた。

「長い髪だったのね」

と女達は言った。

「理由があって伸ばしていたの？」

チルは首を傾《かし》げる。思い出せなかったからだ。

自分の身体のことなのに。自分の心のことなのに。

やわらかで肌触りのよい寝床を用意されても、いつまでもチルは眠ることが出来なかった。

ひとりになると、涙が次から次へこぼれていった。

横になると、どうしても考えてしまう。なぜ、自分が「ここ」にいるのか。確かに自分のものの手足、自分のものの心だが、自分の世界のような気がしない。

たとえば、なじみの薄い服を着ているような、奇妙な感覚だ。

それでも、この服は自分の服でもあるのだろう。

チルは枕元に置いたマントを引き寄せる。取り上げられるかと思ったが、「あくまでお前の持ち物だ」とマニージェはチルの手から取り上げることはなかった。

分厚くしっかりとしたその生地を強く抱くと、安堵《あんど》に包まれ、ようやく目を閉じることが出来た。

ゆっくりと呼吸をする。涙は流れるままで。

ここは誰も自分を知らない場所。そしてそれが心地いいとも感じるのだ。この身体の芯に、さみしさが染みついていて。

誰もそれを塗り替えられないことに。ほっとさえしてしまう。

ああ、どうしてだろう。なにもかもを忘れてしまって、思い出したいと思うのに。

思い出すこともつらいのだという、確かな予感がある。

身体を丸めて、眠る。悲しさとさみしさが波のように押し寄せる。

ここにいて。そばにいて。

胸を刺すような孤独には慣れている。ただ、このマントだけが、わたしのものだと思った。

第三章　空白の玉座

目が覚めて、身支度を整えるとチルは幌から外に出た。見知らぬ土地で目覚めたというのに、迷子のような気持ちにはならなかった。集落の人々はすでに活動をはじめていて、その中でも、昨日「先生」と呼ばれていた男が、子供達に囲まれ話をしている。

「チル」

と男がチルに気づき呼び寄せた。おずおずとチルが近づくと、足下にしがみついていたのは、昨日集落で眠っていた子供の中でも、一番年の上の子供だった。巻き毛はよく覚えていたが、丸い目がチルを見上げている。

「昨日、助けてくれた方です」

と男が促すと、「ありがとう」と吐息のような小さな声で子供が言った。可愛い男の子のようにも、むくれた女の子のようにも見え、チルは判別が出来なかったが、慌てて首を振って、しゃがむ。

「わたしじゃなくて、マニージェ達が助けてくれたんだよ。よかったね」

そう早口で告げると、子供がまっすぐチルを見上げて言った。

「おかあさん、いない……」

その言葉に、チルは答えを持たず、途方に暮れてしまった。

男が腰をかがめると、ゆっくりと優しく、安心させる声色で言った。

「あなたのおかあさんは、必ずマニージェが、ここまで連れてきてくれます。マニージェは、強く、約束を破るひとではない。そうでしょう？」

その言葉に子供は、唇を引いてぐっと頷いた。

それから、他の子供達に誘われ、遊びに行ったようだった。

残された男は、チルに、先の子供に向けたのと同じようなやわらかな笑みを向けて言った。

「よく眠れましたか」

「……はい」

先生、と言うべきなのかチルは迷った。その迷いをどうとらえたのか、「ハフトとお呼びください」と彼は名乗った。

「ハフト……先生」

ためらいがちにチルが言う。いいえ、とハフトはその呼び方をやわらかく拒否した。

「先生はいりません。それは、あだ名のようなものです。もともとは宮廷づきの、歴史と数学を学び教える学士をしていました」

この国で知りたいことがあったらなんなりと。ひとより少し、詳しいですよとハフトが言う。

「れき……し……」

チルはあたりを見回しながら、ふと浮かんだ疑問を口にした。

「……この国の、前の王様はどうしていなくなったんですか」

今、王がいなくて国が荒れていると、昨夜マニージェは言った。ということは、王がいた頃は、そうではなかったということだとチルは考えていた。どうして、と。

その質問が少し意外だったのだろう。

ハフトは眉を上げて、目を細めてから、師らしく、整然とした言葉で言った。

「先代の崩御は突然でした。病とも――毒と疑う者もあります。それはすなわち、暗殺が疑われたということです。しかしながら、本来この国において、王位は簒奪《さんだつ》出来るものではありません」

前王を斃《たお》しても、望む者が次の王になれるわけではないのだとハフトは言った。

「指名でなければ、世襲でも、ないのです。玉座は彼らに、ひとよりも長い生命を与えます。王位に王がある限り、この国には力が満ちている。国土が安定する。それは、あまりに長い生け贄《にえ》であり、人柱ではないかと言った者もありました。長きにわたる王位は時に、数百年続くこともあったのですから」

それは――それはもう、人の生きる時間ではないのではないかと、チルは思ったが、不敬にあたるのかもわからず、口を閉ざした。

王位につく人間は、その神秘により守られるという。しかしそれは永遠ではない。彼らは来たるべき終わりに、滅びを迎えるのだとハフトは続けた。

「しかし、此度《こたび》の代替わりで誤算がありました。――聖獣が次の王を選ぶことに手間取ったのです」

淡々とハフトは続ける。

「生まれたばかりの聖獣は、そこに集まった誰のもとにも頭《こうべ》を垂れませんでした。国土は荒れ、その結果として隣国から攻め入られました。国内でも、聖獣と聖衣からなるこの王制を、なくすべきだと考える一派もありました。もとより王座を黄金などとしなければ、空白にもなりはしなかったと。国は荒れ果て、先行きの見えない中で、今も……この国を誰がおさめるのか、結論は出ていません」

けれど、この村の人は、と言いかけて言葉を、マニージェは、とハフトは言い直した。

次王が必ず立つと。

そしてその時、国の民は力を取り戻し、必ずこの国は再興するのだと。

国。王。滅びと再興。

どれもチルには、ふわふわと形にならず、あまりに遠い話だった。

「チル！」

その時、武装をした男のひとりに呼ばれ、チルはハフトを連れてマニージェのいる幌に入った。

マニージェはすでに甲冑を着ていた。このひとはいつもこうなのだろうかと目を丸くするチルに、彼女は手早く用件を伝えた。

「お前のマントを直すために発《た》つことになった」

そのためには、修繕の工房に行かねばならないとマニージェは言った。新しく織物をつくり出すことは織師達の仕事であるが、その修繕はまた特別な技術が必要とされ、その価値が高いために、修繕の工房の場所は国内でも秘匿されているのだという。

「道程は厳しい。しかしその厳しさによって守られている場所だ。ここから長く離れることは危険を伴うが、誰かが行かねばならないのならば、私が発とう」

今、そのマントを直すことは何よりも重要だからだとマニージェは言った。

チルは、半ば呆然とした中でまず、この里の穏やかな暮らしのことを思った。あたたかなスープや、子供達のこと。救われたばかりで、まだ不安を残すあの子も含めて。

危険がある。それは、マニージェ達にとってそうなのか。この里にとってそうなのか。あるいは、どちらにとってもなのかもしれないとチルも思う。

チルはうつむき、少し口を引き結んでから、ためらいがちに言った。

「そこでしか、出来ないの？　ここの女の人達も、毎日織物と縫い物をしているようだけど」

マニージェはその言葉に、返答を探すようだった。傍らにいたハフトが継いで、易しく説明する。

「僕達の国の織物は、その流派によって様々な力を発揮します。糸で紡ぐ魔術といっても差し支えない。紋様からはじまり染色も、織り方も、門外不出の秘宝なのです。修繕はまた、その中でも限られた者に受け継がれてきました」

優れた技術は、神の力とも通じるとハフトは言った。

「だからこそ、秘術として他国に狙われたのです」

続くマニージェの言葉は鋭く、切りつけるようだった。

「今この国に攻め入っている国は東西に分かれた二国。そのどちらもが奪おうとしているのはこの土地そのものと、織師達の技術だ」

チルは思い出す。昨日の焼け跡で、倒れた男達、そして、姿を消した女達のこと。おかあさん、と頼りなげな子が眠っている、重たさとあたたかさを。

「ひと織りたりともう渡さない。奪われた者はすべて取り返す」

そう言うマニージェの横顔には、苛烈な怒りが一瞬浮かんだ。それを、精神の力でおさえ込み、続ける。

「これから向かう工房は、特に古く、職人達は修復に長《た》けている。織物の流れをよみ、つなぎ直すことに特化している工房だ。そこには、導師と呼ばれる、織師の中でも特別優れた技術を持つ者がいる」

そこでなら王のマントは直る。いや、それが本当に聖衣であれば、そこでしか直せないだろうとマニージェは言った。

「私達の足であれば……そうだな三日もあれば着くだろう」

「マニージェ隊長」

とハフトはマニージェをとがめるように、横目で告げた。

「僕は、君が行くことにも決して賛成出来ないのだけれど」

その言葉に、マニージェがりりしい眉を上げて振り返った。

「私の働きが信じられないとでも？」

重苦しさのない口調だが、返答次第では、という迫力があった。

まさか、とハフトは首を振る。そして神妙に言った。

「自分の身体を大切にして欲しい、と言っているのです。それはこの一団の総意であり、この国の総意です」

「ありがたいことに、もとより頑丈に生まれている」

とマニージェは言った。隊員である男達は一斉に笑った。ハフトと、そして部屋の中にいる世話役の女達だけが、苦い顔をしたようだった。

マニージェはチルに向き直り、言った。

「では、ここからが本題だ。チル、お前はどうする。——ともに来るか」

チルは眉を寄せた。危険がともない、楽ではない道中だという。チルが同行しても、助けどころか足手纏いにしかならないのは目に見えていた。

　つま先を見て、戸惑いながら慎重に、言う。

「行きたくない、と言ったら、どうなるの」

「私達にそれを預け、帰りをここで待っていてもらう。まあ、信じてもらうほかないな。必ずそのマントを繕い、お前のところにもたらすと。出来るか？」

　チルは答えられなかった。こんな風に屈強な人達が、向かうことさえ危ないというのだからそれはそうだろう。預けて待っていた方が、きっといいに違いない。けれど……。

　腕の中のマントを握る。その手に力を込める。

　どうしてこれを持っているのか、わからない。これでなにが出来るわけでも、これにどんな価値があるのかも。

　ただ、これは、自分のものだという、強烈な衝動だけがある。

　手放したくない。

　放さないで……欲しい。

　どうしてそんな風に思うのかは、わからないけれど。

　チルのそんな沈黙を、どう受け取ったのか、マニージェが浅くため息をついた。

「まあ、出会ったばかりの私達を信じろというのは無理な話だろう」

　信頼に足るだけの時間も関係性も、私達の間にはないとマニージェは断じた。

「であれば仕方がない、私が、お前を連れていく」

マニージェはそして、自分のマントをさばく仕草をした。

「我ら旧リスターン宮廷軍隊。お前を守り、必ず、目的地へ送り届けると誓おう」

守る、とマニージェは言った。

守ってくれる。それはどういう気持ちだろうか。自分は今、どんな気持ちでいたらいいのだろう。

守られるのは、マントを持っていたから。これが、彼女達には必要だったから。なにも出来ない自分の価値では、きっとない。

でも、手放せないのならばともに行くしかないとチルは決めた。

……この、マントが完全な姿に戻るのならば、この目で見たいと、チルも思ってしまったから。

補助器具をつけても騾馬に乗ることはチルにはたやすくはなかった。けれど、砂漠を横断するためには徒歩では到底追いつけない。体中に打撲と擦り傷をつくりながらなんとか形にして、一団は出立した。

チルの記憶は灰色の森からはじまっている。

そして次には種によって紋様の浮かぶ荒野。焼き払われた集落。

行く道には、それとはまた違う景色が広がっていた。

砂漠は突然海のように現れる。そして草原や森もまた、その緩急の中にひそむようだった。

マニージェは国を渡る間中、またこの国について話してきかせた。

「見えるか？　あの水辺の水は飲むことが出来ない。獣達も近寄らない。しかし、染め物のために晒すと、特別な風合いが出ることから、かつては近くに染め物の工房が多く立ち並んでいた」

どのような水が流れどのような土壌があり、何が育ち何が息づき、そしてどのような織物が出来るのか。丁寧に、根気強く。

その知識は血液のようにチルの体内を巡った。

チルはまだ、自分のことをなにも思い出せない。きっと、自分はこの土地の生き物ではないのだろうという、おぼろげな予感だけがある。それでも、与えられた血は巡る。すべてを入れ替えることは出来なくても。

「女達は字を覚えるよりも先に、針の使い方を覚え、一生をかけて糸を織る」

国の厳しさと豊かさをのぞみながらマニージェは言った。そして少し自嘲気味に笑った。

「それが出来ないのは私くらいだ」

「大将はその分、俺達の誰よりも強いから」

と部隊の者達は笑った。

私は針と糸より先に、剣を与えられたとマニージェは言い、だからこそ守れるものもあると言った。

一緒に旅をしてみれば、隊員達はみな、マニージェになみなみならぬ忠信があるようだった。男達は皆彼女の背中をまぶしそうに見ながら、感嘆するように言った。

「戦のために生まれた神のようなひとだ、あの方は」

自分達は、彼女が諦めず立つ限り、王を待つことが出来る。この国の再興を信じていけると彼らは言った。

彼らが心の底からマニージェを信じるように、マニージェは心の底からまだ見ぬ、本当に現れるかどうかもわからない王を信じているようだった。

どうして、とチルが思うのが、顔に表れていたのだろう。

「信じられないか？」

とマニージェは、馬上からチルを覗き込んだ。

「他でもないお前が。種が芽吹くところを見たというのに」

今信じられなくても、時が来ればわかると、予言めいた言葉をマニージェは告げた。

そうして一団に連れられ、不意の嵐も越えてチルがたどりついたのは、先の焼き払われた工房よりもまたひとまわり小さな土地で、砂漠の狭間《はざま》にある谷、その中腹を掘り進めたトンネルの中にあった。

合い言葉が必要な箇所をいくつかと、隠されたような通路を抜けて、暗く開けた居住地に現れたのは導師である人物だった。

「おばば」とマニージェが呼んだ。

「おお、その声はマニージェだね、ばばにお顔を見せておくれ」

皺《しわ》の浮かぶ手が伸ばされ、マニージェが膝をついてかがんだ。導師は彼女の頬をたどり、首元を触り、肩から腰までをなでた。

「相変わらず無茶をしていると聞いているよ、おてんばちゃん。天上のお父上を悲しませるのはおよし」

「おばばに言われたらかなわないな」

とマニージェは、あまりこたえてないように笑った。

「今日は、見て欲しい織りがあるんだ」

そう言ってマニージェがチルを促した。チルは、足下に気をつけながらゆっくりとそちらに近寄った。道は不自然なほどに暗かった。そして近づけば近づくほど、導師の様子をいぶかしく思った。

「これは……」

導師はチルの差し出したマントを、まずひとなでした。その仕草を見てなお、やはりとチルは思ったのだ。

　ここにいるのは、名のある職人であると聞いた。それは今、この国一番の匠であると。しかし——この場所の、この暗さは手仕事には向かないはずだった。それもそのはずだろうと思えた。

　彼女の目は、白濁し、誰ともあわさることがなかった。

　そして。

「おお、おお……」

　導師の盲いた目から、汗のように水滴がしたたった。彼女はその水滴を慌てて自分の乾いた指で拭って、マントに落ちないようにした。

「このおばばが生きている間に、この織りに出合えることがあろうとは……」

「これがなにか、わかるか？」

　マニージェが、押し殺した声で問うた。何を思って持ち込んだ織物であるかは、彼女は一言も言わなかった。けれど。

「どちらにおられる」

　さまようように、導師が首を振った。

　マニージェはその肩をうやうやしく抱き、導師のつま先を、チルの方に向けた。導師はそのまま、崩れるように膝をつく。

突然のことに、チルは驚き、自分の身もかがませた。

「……我らが王よ」

チルはけれど、その言葉に一瞬、身をそらせた。息をのみ、おびえたのだ。

導師は続けた。裂かれたマントを頭上にかかげながら。

「幾久しく王座を黄金となされますよう」

その瞬間、チルが自分の耳を押さえた。髪の短い方の、耳だ。鋭い痛みが走ったのは、錯覚か。

導師は、嗄《か》れた声で、高らかに告げた。

「この、紋様は確かに。この織りは確かに、クリキュラ様の聖衣そのものでございます……」

導師の宣言に、人々は感嘆の声をあげた。しかし、チルは唇を引き結び、硬直している。彼女の涙を目にしても、浮かぶのは困惑ばかりだった。

マニージェが導師の隣にかがみ、低い声で囁いた。

「繕えるか」

がくがくと、小刻みに導師は頷いた。

「この導師、指が腐り落ちようと、目玉が溶けようと、紡ぎ直してごらんにいれましょう。この、老い先短い命を懸けて」

その、嗚咽《おえつ》のような言葉を、チルは青白い顔をして傾聴した。激情ともいえる情動を前にしても、チルの心を覆ったのは不安ばかりだった。

彼女の、強い言葉に、大げさな所作に、マントを手放さざるを得なくなった。触らないでとは、言えなかった。確かに繕いに来た。そのつもりだった、けれど。

いざ、指先からその存在が離れると、赤子がお気に入りの毛布を取り上げられてしまったように、泣き出しそうになったのだった。

しかし、使命を得たかのような導師達の動きを、止めることも出来なかった。

マントを大切に折りたたみ、従う女達が導師を連れていく。奪われる、とは思わなかった。手にした誰もが年老いて、それぞれ不自由を抱えているようだった。

彼女達は優れた修復師でありながら、同時に贋作《がんさく》師でもあるのだという。ほどけたものをもとに戻せるということは、同じ物を複製出来るということでもある。

だからこそ、明るい場所から隠れてその技術を守っているのだと。

長い糸紡ぎの仕事は、人間の目と身体をむしばむとマニージェはこの旅で言っていた。

それは、時に、剣を持つより過酷であると。

誇りなのかもしれない、と丸く曲がった背中にチルは思った。

織師というのは誇りで出来ている。手先を捧《ささ》げて、人生を捧げて、自分たちの技巧で生命を燃やす。ただの技術であると、簡単な言葉では言えないと、思う。

「チルに肉と果物、それから杯を！」

工房の洞窟から外に出たマニージェは、部下達に高らかにそう告げた。

突然のことに、チルは驚き、マニージェを見上げた。

「宴《うたげ》だ！」

マニージェは笑っている。しかしその瞳は赤く燃え、強い光を宿していた。

「祝いをするぞ！　チル。お前の意志はどうかわからないが……お前はこの国の、王の資格を有しているのだからな！」

強い風が吹き、チルのひとつだけ残ったおさげを揺らす。

耳鳴りがしそうなほど、強烈な不安。

あのマントが手の中にないだけで、こんなにも。世界に、ひとりぼっちのようだった。

最初から、ずっと、ひとりでなかったことなど、チルには一瞬たりとも、なかったのに。


その夜、工房の織師達と旧宮廷軍の兵達はチルを宴の中心に置いた。

ありったけの食料と酒が集められた。チルは困惑したまま、酒は断り甘い果汁だけに口をつけた。人々は新しい王の誕生に涙を落としていた。

チルはいつまでも、その宴のたけなわを、他人事《ひとごと》のように不安な気持ちで見つめていた。

国の人間達は、王を待ち望んでいた。

屈強なマニージェもまたそうで、粗暴な仕草で果汁をそそぎながら、その赤い瞳から涙をひとつぶこぼした。

それが彼女の体格にも性格にも不似合いな、美しいものだったから、チルは半分口をあけたまま言葉をなくしてしまった。

チルはなぜだか、涙は、ずっと、情けないものだと思っていた。今も、思っている。泣いても仕方がないことばかりで、それは弱さであると。けれど、こんな強いと他者から慕われる人でも涙を落とすことがあるのだと思った。

チルの驚きの視線に気づいたのだろう。

「笑ってもらって構わない」

と傷だらけの手の平でマニージェは自分の涙を拭った。

「この国は、もう二度と、王を戴《いただ》けないかと思っていた。王さえあれば、この国は必ず輝きを取り戻す！」

そして膝をつき、チルの指先をうやうやしく握ると、忠誠を誓う騎士のように、自分の額にあててみせた。

「我ら旧宮廷軍の命は王とともにある、どうか」

――幾久しく、王座を黄金となされますよう。

誰もが口々に発する、その言葉は、魔法の呪文のようだった。なにも信じられないのに、それでもなお、騙《だま》されてしまいそうだった。酒も飲んでいないのに、酩酊した。毒のようでもあったし、快楽のようでもあった。

あるいはこれが、「必要とされている」ということだったのかもしれないと、チルはその甘い酩酊の中で思った。

女達は糸を紡ぐ。

男達は剣を持つ。

定められた定型や枠組みだけでないことは、マニージェの生き方が示していた。女達の織物、染色、刺繡にもすべて力がある。それが、この大地、国土の力であることを、チルはおぼろげながら、その肌で感じつつあった。

それでも、お前がその国土の王であるという、その言葉にはなにも答えられないでいた。実感はわかない。資格があるようにも思えない、とうなだれるチルに、マニージェは励ますように肩を叩いた。

「聖衣が直れば、すぐにわかる」

お前が纏うのだ。それが王になるということだとマニージェは言った。

(王に、なる?)

なれるのか。王になるとはどういうことなのか。

なにもわからなかったが、熱に浮かされた皆の前では、なにも言えなかった。熱狂がチルを包む。同じように、チルも浮いていた。どこか夢のようだった。

いい夢か、悪い夢かは、わからなかったが。


織師達はマントを直すために、寝ずの作業に入っているようだった。

数日すぐそばにテントを張り、警護をしながら修繕を待つのだという。チルはマニージェとともに、工房の中に寝泊まりすることになった。

女達の歓待を受けながら、どこか居心地の悪い気持ちをチルは持ち続けていた。

マニージェは太陽光の届かないランプの灯《あか》りの下で、地図を開いて改めてチルにこの国の配置を教えてくれた。

マニージェはハフトのように饒舌《じょうぜつ》に語った。

先代の王が崩御し、時を同じく東西二国から攻め入られた。王の崩御は、天寿であったのか、暗殺であったのかはわからない。

西側の戦線は、マニージェ達が率いる旧宮廷軍が防衛線を敷いている。攻め入ってき

「王さえ戻ればと、その一心で、わたくし達は育てた作物に火をつけたのです」

侵略国に技術を渡さないために。

侵略がはじまってまず、女達は村と畑を焼いたのだという。

草を焼き、家畜を殺し、虫を逃がしたのだと、工房の織師達は言った。

リスターンの織物、そして刺繡は、リスターンの糸、リスターンの染色でないとその力を十全に発揮することが出来ない。

それがわかっているからこそ、人生を懸けて織り上げた織物を、目を潰して刺した刺繡を、すべて灰にした。奪われる前に。すべてを焼いても、技術を持つ者が生きてさえいれば、血が残れば、再起したあとに、神威は必ず戻る。そう信じて。

「あなたさまさえ生きれば、再興が出来るのです」

織師の女達はチルに膝をつき、嘆願した。チルはうろたえながら、かすれた声で言った。

「こんな……荒野になっても？」

「ずっと荒野のままとは限りません」

その信頼は絶対だった。

「お前が、この地を芽吹かせるのだ」

マニージェは、その信頼の言葉を繰り返した。

チルはその信頼に応えるすべを持たず、唇を引き結ぶばかりだ。チルが言葉を選べないことを察したのだろう。そばにいるマニージェが立ち上がった。

「星を見せよう」

マニージェとともに外に出ると、砂漠は満天の星だった。ずっとうつむいてきたから、気づくこともなかった。

降るような星。けれど、チルの心は騒いでいた。

「浮かない顔をしている」

とマニージェが手の甲でチルの頬をなでた。

甘やかされてるとチルは思った。本来であれば違う態度をとるべきところを、チルの不安に合わせているのだと。

だからチルは、星空の下で自分の不安を口にすることが出来た。

「自分が王様だとは、どうしても思えない」

その言葉に、やわらかくマニージェは笑った。そうしていると、美しい、とチルは思った。

美しい女性だ、このひとは。

その美しい女が、チルに誓うように言った。

「歴代の王も、王として生まれたわけではないと聞く。聖獣が選び、聖衣を纏い、はじめて王としての自覚を得るのだと」

そんなこと、あるのだろうかとチルは思うのだ。

神秘を帯びる織物を間近で見て、その奇跡の端に触れてもなお、自分のことは信じられないでいる。

そう、自分が、信じられないのだ。自分のことが一番わからなくて、信じられない。だってマニージェのように屈強な身体も、織師達のように繊細な指も持たない。

そんな自分が、血統もなく、能力もなく、この国への——生まれた頃からの愛情もないというのに、マントを纏っただけで、本当に、王になれるというのだろうか。

なることが、許されるのか。

許されたとしたら、なりたいのか……？

その時どこか生ぬるい風が吹いた。自分の鼻の先をなでたと思った瞬間だった。そこに、常の夜風ではない気配を感じて、チルは顔を上げた。

——動きは、マニージェの方がはやかった。

「チル！」

強い力でチルの肩をつかみ、地に倒した。伏せた、というよりも押し倒された。乾いた砂が、口内に入った。

爆発音がした。——工房の入り口だった。赤くはない、光が小刻みに見えた。

「隊長！」

砂埃《すなぼこり》の中、声がする。

「敵襲です！」

マニージェはすでに剣を抜いていた。

「下の林に隠れていろ」

はやい口調で、チルに命じる。

「自分の命を最優先に守れ」

お前をここで、死なせるわけにはいけない。

「待って！」

まだ起き上がれないままに、チルは叫んでいた。

「だってまだ、マントが！」

その叫びにマニージェが小さく舌打ちをした。それからチルの小さな身体を、力任せに引き上げる。

「私から離れるな」

そして、手を引かれるまま、光と砂埃、怒号と悲鳴の飛び交う工房に飛び込んでいく。

闇の中に、うごめく影があった。風の動きと不穏な音だけがそれを伝えていた。時折ひらめく剣撃が、チルには稲妻のようにも見えた。ともに、濃い血のにおいが鼻にぶつかり、思わずチルは嘔吐《えず》いた。

生き物が、切られる。その、恐怖と悶絶《もんぜつ》の声があがっている。

「殺すな！」

暴れる神のごとく剣を振るいながら、マニージェは叫んだ。

「捕虜にしろ！」

闇夜を狙った奇襲だった。工房の中は乱戦となっていた。チルには、誰が敵で誰が味方なのかもわからなかった。

「おばば、おばばはどこだ！」

マニージェがそう叫ぶことは、敵に彼女の位置を知らせることでもあった。

複数の影が、マニージェに襲いかかった。

「！」

横一線の剣撃で彼女はそれらを払い飛ばしたが、また別方から現れた剣撃が、マニージェの肩を砕いたように見えた。

「マニージェ！」

砕けたかたい鎧がその肩の肉を守ったようだが、つないでいた手が離れた。チルを突き放すように。

そして、厳しい形相でマニージェは叫んだ。もう、どこへとも誰へともつかない怒号で。

「チル、おばばを探せ！　マントを受け取り逃げろ！」

お前を奪われるわけにはいかないとマニージェは言った。

たとえば、畑を焼いて家畜を逃がしたとしても。最後には、職人の命だけが、この国の伝統をつなぐと誓っていたように。

チルの命は、今、この国の命そのものだと、マニージェは信じているようだった。

出来るだけ、遠くに。

逃げ延びろ、生きろと。

それは、自分に言われていることなのだと、チルにはわかった。けれど、わかった時には、チルは冷たい地面に座り込んでいた。腰が抜け、足の力は完全に失われていた。

戦うということも、逃げるということも、もう出来なかった。

工房の中には火薬と血のにおいが充満していた。

死がすぐそばにあった。

ともすれば、うっかりと、簡単に滑り落ちてしまえるような距離に。

(それって)

楽になれる？　と一瞬思った。

もしかして、そう、なりたかったんじゃないかって。もう、ずっと。

こんな怖いところに、痛いところにもう一秒だって、いたくなくて。

ぶわりと涙が出た。もう忘れていたはずの気持ち。手放したはずの心だった。なのに、なぜ？

「あぁ、あ……」

そうしている間にも、争いは続いていた。下腹部を押さえ、がくりと膝をついたマニージェの頭上に、黒い衣の男が剣を振り上げる。スローモーションで、すべての動きがチルに見えた。それは、終わりだとチルにもわかった。それが振り下ろされた瞬間、すべてが終わると。

「マニージェ！」

まだ、声が出た。声だけは。喉だけは、生きていた。心が死しても、まだ、自分を守ってくれようとした者へ叫ぶことが出来た。チルに出来ることはそこまでだった。

その、はずだった。

「我らが王よ！」

かすれきった、導師の声がした。盲いているはずの彼女が、暗闇の中で、乱闘の中で、マニージェの影もチルの気配も捉えられたはずがない。

なにかが、空に、ひらめいた。

（ねえ、知ってる？）

誰かに、問いかける。心の中で。

(救いは、黄金の色をして、空から降ってくるってこと)

わたしは、知ってる。

チルが、手を伸ばす。あれ、は、わたし。わたしの。わたしを助けてくれるもの。

かつて。いつの日か。

——ぜったい大丈夫なんかじゃないわたしに、大丈夫かと、心を寄せてくれたのは。

「あ……」

指先に、黄金が触れた。その瞬間、指先が燃えるような熱を感じた。

(あつ、い)

血が、煮えるようだ。

ぐっと手に引き寄せて、自分の身に羽織った。

纏った。確かに。

その瞬間。抱きしめられている、とチルは感じた。ゆっくりと立ち上がる、その足にはどこにも力が入っていない、少なくとも、チルは入れていない。けれど。

「幾久しく王座を、黄金と——」

導師の声が、遠くに聞こえる。

そうではない、自分の首筋、耳元に、囁きがある。

(聞こえた)

そう、思ったはずの声が、なぜか、チルの声帯を通じて、チルの唇から出た。

「下がれ」

マントの間から伸びた細い腕、その華奢《きゃしゃ》な腕から、黄金が立ち上がる。それは、生糸のようでもあり、光る煙のようでもある。

「――！」

それらは、意思を持つ生き物のように、すべての黒衣の者達の首を絞め上げ、刃物を落とさせた。

チルの焦げ茶の瞳が、黄金に燃えている。彼女が纏う、光のすべてが、輝いている。

真昼の太陽のように。

「なんぴとも、この黄金の地を血で汚すことは許されない」

その声に、引きずられ、連れ去られようとしていた女達が、次々身を投げるように地に伏せた。嗚咽が漏れる。

「王の御前であるぞ」

魂が、歓喜で震えているようだった。

「あ……ああ……」

まだ入り口にいた賊が、這《は》いつくばるようにあとずさった。マニージェは、幾人もの黒衣の首根をまとめて絞め上げながら、こめかみから血をしたたらせ、叫んだ。

「侵略者に伝えろ！」

それは、宣言のようだった。

「──聖獣は王を選んだ！」

雄叫《おたけ》びがあがる。兵達の、それは人生における勝鬨《かちどき》だった。

「リスターンは、荒野からよみがえるとな！」

ああ、声がする。声がする。声がする。


声が、する。

『やっと、やっと、ようやく』

チルの耳元で、その低い声が、チルの肌をなでるように囁いた。

『この声を届けることが出来ます、我が王よ……』

『あんたは』

チルが、暗い中空を見つめながら、言う。

『誰』

ここがどこかはわからないけれど、浮かぶ星は、どの世界のものかは、わかる。もう知ってしまっている。天が違う。地が違う。

『わたくしは』

男。黄金。輝くは、光。

『あなたさまを、守るものです』

背を、抱きしめられている。だから、顔は見えない。否、もしかしたら顔なんてなかったのかもしれないとチルは思った。


だって、あの時、あんたの首は落ちたじゃない。


あの、掃きだめみたいな路地裏で、あなたの、あんたの。

チルの心がかき乱される。叶うことなら忘れていたかった、自分から、全部捨てたはずの記憶だ。

すべてを捨てて、忘れて、生まれ変わりたい。そう願った、はずなのに。

『わたくしはクリキュラ』

その声はチルの首をなで、肩をなで、腕をたどり、指先を重ねる。人肌よりももっと、ほとばしるような熱、痺れ、電流のようだ。

チルは顔を歪ませた。いっそこれが、痛みならよかったと思った。

拒否出来たならよかった。拒絶してしまいたかった。

安らぎたくなんかない。内臓の裏側が、めくりかえるように暴れた。でも、そんなの、ただの心臓の音だった。

浅ましいほどに、生きている音だ。

声は続ける。

『界を渡り、あなたさまを迎えに来た——この国リスターンの聖なる獣です』

なんて、傲慢。なんて、身勝手。

迎えなんて、呼んだ覚えはなかった。呼んでないのに、来たと言われたって。

『嘘』

答えるチルの唇は、青く、震えている。

『嘘つき』

そうと言うことしか、出来なかった。そんな風になじることしか。

(放さないって、言ったくせに)

わたしのことを、誰よりも価値があるって。誰よりも綺麗で、誰よりも大切だって。

誓ったくせに!

そのことを、こんな風に心でなじった、のは。裏切られたことに、傷ついていたからに他ならないけれど。

それも、チルは、認めることが出来なかった。

相手のことを、なにも知らなかったから。自分のことだって、わかるわけがなかったから。ただ、今チルにわかる、確かなことといったら。

『こんな場所、わたしの生きる世界じゃない』

言った瞬間、見開いたチルの目から、涙があふれた。液体になって、こぼれた、これは孤独だと思った。誰もいない、誰もわかってくれない、誰ともわかりあえないという孤独が、涙になって今、チルの身体から剥離している。あふれている。

声は、告げる。

『あなたさまは、この国の王』

『違う！』

涙とともに、チルは叫んだ。

チルは否定した。

それだけが、今、チルがチルで、知留であれる唯一のことだと思った。

『こんな場所、わたしの世界じゃない！』


はっと、唐突に意識が戻った。一切の狭間なしに、有から無へ、いな、無から有へ、ばちりと感覚が切り替わった。

精神から、肉体へ。

帰った。その瞬間、ばたばたたっと、チルの膝に、水滴が落ちた。冷たくはなかった。熱い、それは、自分の涙だった。

ずっ、と鼻水をすった。生きていた。本物だった。なにが嘘でなにが本当かはわからないけれど、本物の痛みで、本物の苦しみだった。帰ってきてしまった。帰ってきたくなんかなかった、とチルは思った。

そう、ずっとチルはそうだった。

「大丈夫か?」

工房の地面でうずくまっているチルを、覗き込む影があった。チルが重い頭を持ち上げ、顔を上げた。そうすることで、ようやく、血液がまわって、神経の回路がつながる気がした。脳、首、身体。自分が、自分の、身体を、自分の意のままに出来る。戻ってきた。それはよかった。

でも。

頭の傷の手当てをした、マニージェの顔があった。大丈夫かと聞いたのは彼女だった。チルが、その言葉を求めた相手では、なかった。彼女の顔にいたわりや心配を察してもなお、チルは言葉を止められなかった。

反聖獣派。マニージェは淡々と、感情の見えない声で続ける。——この国の次の時代に、聖獣はいらない。そんな風に思っている人間がいるのだと。

そんな彼らは隣国ドンファンとの国境に拠点を置いている。隣国とは衝突もしているが、重要な取引相手でもある。利害が一致すれば、そちらにつく可能性もあるとマニージェは言った。

「東の聖廟《せいびょう》の跡地を根城としている。首長の名前はビージャン。耳が聡《さと》く、強い男だよ」

マニージェの言葉に、近くにいた女達は嫌な記憶でもあるのか、どこか沈痛な面持ちを見せた。

「東のドンファンがこの国をどうしようとしているのかはわからない。ただ、年月をかけて、じわじわと商路を伸ばしていたことは事実だ。ドンファンは火の薬と、古い伝統の芸術を持っている。交易を行うために、護衛隊に大金を払っていると聞いていた。この国境一帯には、王宮の支配も及ばない、独自の自治があった。そんなやつらが、人は人こそが治めるべきだと、聖獣の不要論を語るのは、道理にかなってもいる」

「聖獣は、不要……」

思わず発したチルの呟きに、「わたくし達はそうは思いません」と織師である女達は切羽詰まった声で進言した。

ているのは隣国バアラ。もともと、この国の技術を奪おうと、何度も小競り合いを起こしてきたのだという。

バアラには古来、数字を使った特殊な魔術がある。

「その術式が、織物に残っていた。眠る子供達が隠されていた、タブリーズの工房の女を攫《さら》ったのもこの国の者だと考えて間違いない」

タブリーズとは織物の技法の名前だとマニージェは説明した。バアラは王位と技術、どちらも奪おうとしているのだと。

職人である女達を匿い、捕虜となった者達を取り戻す必要があるとマニージェは言った。

「東はもっと状況が複雑だ」

東の隣国ドンファンがよくもめ事を起こすのは、王立の旧宮廷軍相手ではなく、もっと野蛮な傭兵《ようへい》一族なのだという。『護衛隊』と呼ばれる彼らは、もとはその土地を荒らす盗賊からはじまった。その組織を大きくし、過酷な土地で商人達の用心棒などをして生計をたてるあらくれ達で――。

「こいつらは、反聖獣派だ」

とマニージェは表現した。

チルは思わず地図ではなくマニージェの顔を見た。

「帰る」

ばたばたばた、と涙がこぼれた。上を向いたら涙はこぼれないなんて、うたった人は嘘つきだろうと思った。だって、こんなに、こんなに。

「帰して」

マニージェは、困惑したように眉を寄せた。そんな風に、彼女の不安げな顔なんて見たことはなかった。

「思い出したのか……？」

なにを、とは言わなかった。すべてを。

自分が何者であるかを。そう。

「わたしはわたしのせかいにかえる」

うわごとのように、チルは言った。厳しい顔をして、マニージェがそれを引き留めるように言った。

「ここは、あなたさまの――」

「違う！」

嚙みつくように、吐き捨てるようにチルは叫んだ。マニージェの表情は不安を強めた。

途方に暮れたようだった。

「あなたさまは、この国の……」

そのあとに、なんとつなげようとしたのかは、わからない。わかるけれど、わからないふりで。

「違う違う違う違う違う違う！！！！！！」

チルは絶叫していた。

「こんな場所、わたしのいる世界じゃない！」

じゃあ。どこが。

本当の「わたしのいる世界」なんて、この世にも、どの世にも、あの世にだってなかったかもしれないのに。

チルにはわかっていた。帰っても、自分の居場所なんかないということを。それでも、ここじゃないと言いたかった。頑是なく、寄る辺なく、泣き叫びたかった。

泣いてもどうにもならないことを、知っているのに。泣けば弱く、惨めになるだけだと、あんなに思っていたのに。

マニージェは重ねて言った。

「チル、あなたは、この国の王だ」

「違う」

違うとひとこと否定するたび、三粒四粒と涙がこぼれた。まとわりつく羽虫を叩き落とそうとするように、腕を振り回した。

「聖獣に選ばれたのだろう」

「違う！」

「ならばどうして聖衣を纏った！」

打って変わって、鞭のような声で叱咤《しった》され、チルはその瞬間にはっとした。そこで、背を丸め、座り込んだチルが、必死になってつかんでいたのは、しがみつくように纏っていたのは——黄金を編み込んだ、王のマントそのものだった。

これは、こんなものは自分のものではないとチルは思った。

必要ない。いらない。

叶うことなら今すぐ捨てて。

放して、捨てて、今すぐ。

そうしたいはずなのに、ああなぜだろう、まだ何者かに操られているのだろうか。マントをつかむ指が、胸の前で交差する腕が、石になったように、動かない。ほどけない。

一瞬、ほんの一瞬にも、感じた、あたたかさを、忘れられない。手放すことが出来ない。

わたしのものはこれだけしかないから。

ここに至るまで、自身が思った言葉が、チルを縛り付ける。

これさえも、自分のものでないということを認めたら。認めたらどうなってしまうだろう。これ以上の、孤独や、絶望に、果たしてわたしは耐えられるのか。

はらはらとチルは涙を落とした。

マニージェは痛みをこらえるように、血と泥で濡れた指の腹で、そっとチルの目元を押さえようとし、ためらうようにその手を下ろした。

そして、うやうやしく、丁寧に、チルの傍らに片膝をつくと、ゆっくりと、嚙んで含めるように言った。

「私達は、あなたを待っていた。あなたさまを、心から、待ち望んでいた」

あなたがどんな人間でも構わない、とマニージェが言った。

どんな出自であっても。どんな思想であっても。たとえ……この国を愛していなかったとしても。

「あなたさまは、私達にとって黄金、そのものだ」

それは、そうあってくれという、祈り、願望、そのものだった。

国がよみがえると叫んだ、マニージェの声をチルは覚えている。自分の身体が、自分のものではなくなってもなお。

生命そのもののようなあの叫びは、チルに確かに届いたのだ。

それは違うと、チルは否定したかった。あらゆるすべてを、拒絶してしまいたかった。

マニージェは確信している。

その瞳が、その所作が、すべてが示している。チルへの忠誠を。

それでも、とマニージェは続けた。取り囲むすべての人々が息をのむ中で、多くを背負い多くをなくし、まだ多くを諦めきれず、信じ続けるリスターンの勇士は。

「それでも……私が私達の祖国を愛してやまないように、あなたさまがあなたさまの生まれた国に帰りたいというのであれば……それを、止める手はないと思う」

どうか、お立ちください と手を差し伸べられる。

血に濡れた、傷だらけの腕だった。確かな記憶の中で、離れるなと、確かに、チルを守ってくれた、守ろうとしてくれたはずの手だった。

本当に、守るとは。

救うとは、どういうことなのか。

マニージェはチルに問いかけた。

「──国に、帰りたいですか」

元いた世界。生まれた場所に。

帰りたいかと言われたら、帰る場所なんてないのに、それでも。チルは首を落とすようにに頷き、うなだれたまま、立ち上がった。

その時、どうしてだろう、とはじめてチルは頭の隅で思ったのだ。

どうしてわたし、燃やしたはずのセーラー服を着ているのだろう。

なにもかも、自分のものではないものばかり。もしかしたら、自分のものなんて、この世にも、どの世にも、どこにもないのかもしれない。

「……であれば、どちらにせよ、クリキュラ殿を探さなければいけない」

チルはその言葉に、マニージェの顔を見上げた。

泣きはらした目で、言う。

「あいつは死んだわ」

なぜだろう。今、こんなにも。

彼の残したマントはあたたかいのに。あいつの死を告げなければならないなんて。

「死んだ？　聖獣クリキュラが？」

ええ、とチルは言う。

覚えている。思い出してしまった。あの時、誰がそれを行ったのかは、チルにはわからなかったけれど。

「クリキュラは、首を落とされたもの」

そして、同時に、その刃はチルをも引き裂いた、はずだ。どうだったのだろう？　その瞬間、その直前に、すべての意識と記憶は途切れ、千切れて——次の、「この世界」の記憶につながってしまっている。

しかし、「いいや」とマニージェはそれを認めることはなかった。

「聖獣は、首をとられたぐらいでは死なない。あなたさまの元にマントがあり、あなたが生きている。その限り、クリキュラもまた、首だけになっても生きているはずだ。あなたが王となるためには、クリキュラの首を取り返す必要がある。そして……あなたさまが祖国に帰るためにも、クリキュラの首は必ず必要となることだろう」

王になるにも。

元いた世界に帰るにも。

それは、甘言のように、チルには感じられた。相手にとって都合のいい、詐称、嘘なのではないかと。その言葉を信じることは出来なかったが——信じられないからといって、他に信じられるものがあるわけではないのだ。

「……わかった」

チルはいつしか、そう、頷いていた。涙は止まっていた。ともすればまた、流れ落ちてしまいそうになるけれど。

「あなた達と、一緒に行く」

他に行く場所なんてないから。

クリキュラを、探しに行くというのなら、そこに行きたいとチルは思った。あの男が生きているのなら。

一度くらい、殴ってやらなければ気が済まないだろう。

それだけは、もう、なにもしたくない、どこにも行きたくないと思ったチルが……確かにしたいと感じた、自分の意志だった。

そして同時に、チルはマニージェに条件をつきつけた。

「でも、わたしのことを、王だとは呼ばないで」

チルと、お前と呼べばいいから。

わたしを勝手に、王にはしないでとチルは言った。わたしを、わたし以外のなにかとして扱わないで。何者なのかは、自分でもわからなかったけれど。とるにたらない、何者にもなれなかったけれど。

誰かに選ばれた、勝手に決められた、王様なんてまっぴらごめんだと、チルは強い強い気持ちでそう思っていた。

「……承知した、チル」

マニージェは、チルの手を取り、傷ついて包帯を巻いた額に押しあてる仕草をした。深い、忠誠の行動だった。

傷からはその、包帯越しでさえ、熱を感じられた。この人は、自分を守るためにこの傷を受けたのだという事実から、チルは意図的に目をそらした。

マニージェはそのことを気負うことはないようで、瞳に輝きを取り戻し、言った。

「ともにクリキュラの首を探しに行こう」

それがこのあてどもない迷い旅の、目的だというのなら。チルも頷いた。頷きこそしたが、

「……どこへ？」

どちらの方角へすすめばいいのかと、チルは尋ねた。

答えなんて返ってくるまいと思っていたのに。

「ひとり、心当たりがある」

あの男なら、クリキュラの首を知っているかもしれないと、マニージェは言った。

第四章　夜に生まれる国

男が、壁に地図を書いている。木炭を使い、指先が汚れることもいとわずに。

それは、この国、リスターンの地図であり。

同時に、近隣諸国の勢力図でもあった。

◆

「ドンファンとバアラの話を、どこまでいたしましたか？　そう、確か……ドンファンの壁画の話はしたでしょう。洞窟の中に描かれた、見事な芸術のことを。

魔術のない芸術が無価値であるとは私も思いません。美しさとはそれだけで奇跡であり、時に人の心を救い、人を殺《あや》めることもあるのでしょう。リスターンの織物とは、ただ道をたがえた、それだけにすぎません。

この壁画が洞窟に描かれていたことからもわかるように……ドンファンはその国土の多くを、岩石の上、あるいは間隙《かんげき》に持たざるを得なかった。だからこそ石窟での芸術を完成させたと同時に……誰もが大きな火と暴風を起こす魔術、火薬をつくりあげたのです。ドンファンはリスターンの東部に位置しています。そしてこの一帯には、護衛隊と自ら名乗る——もとをただせば盗賊一味がいるのです。私は常々、この連中は、いっそドンファンと手を組んでくれたならばいいのにと思っていますよ。そうすれば、逆賊として一掃出来る……。

なんの話でしたか？　そう、ドンファンと護衛隊ですね。彼らが護衛と自ら名乗っているのは、なんてことはない、汚い商売のために他なりません。ドンファンの火薬と、リスターンの織物。その交易のために、双方から護衛代をとり、傭兵となるのです。それをつけなければ、敵国を装い襲いかかることまであるといいます。ある意味自作自演の、悪徳連中です。

しかしながら、彼らが存在するからこそ、ある種均衡を保っていることも確かです。こうして王不在で弱体化した現在も……ドンファンとバアラで比較すれば、バアラの方が深く入り込み、ドンファンは水際で食い止められている……。しかしそれも、危うい均衡で、いつ崩れるかはわかりません。

ドンファンが薬国と呼ばれる一方で、術国と呼ばれるのがバアラです。それにならえば、リスターンの民は自称することはありませんが、織国《しょくこく》と呼ばれているそうです。

バアラの術とは、数術のことを指します。これはもっと西に祖を持つ特殊な魔術で、数字を組み合わせ、掛け合わせることで術を発動させます。こちらの国は、ずっとリスターンとは対立関係にあります。互いに学ぶことも多いはずなのですが、やはり祖の違いというのは、混じわりがたいことなのかもしれません。しかしながら近年は、バアラはリスターンではなく、ドンファンと国交を開こうとしていたという情報もあります。この、リスターンをまたいで。わかりますか。国が弱まるということは……そんな蹂躙《じゅうりん》まで許すことになるのです。

新しき王は未だ、見つかってはいません。いいえ、見つかっているのかもしれない。それでも……。この国は、まだ、よみがえってはいないのです。一刻も、そう一刻でもはやく、手遅れになるまえに……玉座に王を、空白を、埋めなくてはならない……」

かつん、と木炭が、壁に描かれたリスターン、その中央を、潰すように打たれた。

◆

旧宮廷軍は、士気は高くありながらも、損害が大きかった。

襲撃を受けた修繕の工房の織師は守られたが、その場所はこれ以上、使い物にならないのは明らかだった。もとより、他国の侵攻者から隠れ、逃げ込んでいた場所だ。侵攻者に知られてしまったのならば、居所をうつさねばならない。今や彼女達は流浪の身だった。ひとまずマニージェ達の隠れ里に合流することになったが、長たる導師はかたくなにそれを拒んだ。

彼女は乱闘の中、倒れて腕の腱《けん》に傷を負っていた。満足に動かなくなった指先を見て、自分の務めは済んだと考えたようだった。

回復の術布を巻きながらも、沈んだ声で言った。

「ここで、余生を静かに過ごすことにします。なあに、盲いて指も動かぬおばばのことを、欲しがる異国人もおらんでしょう」

「そんなわけにはいかない」

と途方に暮れたのはマニージェだった。「どうか、一緒に来てくれ」と懇願するが、導師の意志はかたかった。

無駄な食い扶持《ぶち》が増えるだけ、若い人間達に迷惑をかけるわけにはいかない、ひとりで細々と暮らすぐらいならば出来るからと拒絶を続ける導師を「長生きをしてもらわなければならない」と根気強くマニージェは説き伏せていた。

「おばばさまには、新しい時代を見てもらわなければ」

噛んで含めるように、切実な声で。

「もう手が動かなくとも、目が見えなくとも、次の時代の女達に、その生き方を教えてもらわなければならないだろう」

「新しい……」

時代が来るのかということを、導師は口にしたかったのかもしれない。本当に来るのか。新しい、時代とは。なにが、誰がもたらすものなのか。

「私は信じている」

だから、おばばも信じてくれと、マニージェは告げた。

導師は身体を小さく、小さく丸め、観念したように、小さな動きで、けれど確かに、頷いた。

チルはその、二人のやりとりを、声がかけられるほど近くにいながら、なにも言えずに、ただ立ち尽くして見ていた。

自分が何か、言えたらよかったんだろうか。

(なにかって、なにを?)

王様になんかならない。国なんか救わない。あなた達は他人で、わたしは、誰の期待にも応えられない。

そう叫び出してしまいたくなるのを、唇を引くことでこらえた。そのままへの字に結んで、なにも言わないでいることしか、チルには出来なかった。

少なくともこの導師には、意識が戻ったあの時のチルの嘆きが耳に届いていることだろう。自分の纏ったマントを握りながら、王になんてならないと叫んだ、チルの言葉を。

(幾久しく、王座を黄金となされますよう)

彼女が争いの中で告げた、祈りのような言葉が、まだ心に響いている。見当違いな歓喜を。期待を。救済を。すべて無に帰したのは……他でもない自分であることぐらいは、わかる。

　マニージェの側近である部下が、導師を移動用の車に運び、小さな声で尋ねた。

「隊長、道はどういたしますか」

「皆は先に。おばば達を連れて里に帰っていってくれ。二手に分かれ、捕虜達は劇場跡へ。向こうへ捕らえられた織師達との交換を進めろ。私はチルとともに、迂回《うかい》をしてからそちらに向かう」

「迂回？　一体どちらに……？」

　その質問に、マニージェはその、信頼の厚い部下のむなぐらをぐっとつかんで、鼻がつかんばかりに顔を寄せて言った。

「ハフスには言うなよ。いろいろとうるさいからな。──『東』に寄ってから戻る」

　その言葉に、若い部下は真っ青になった。

「隊長、まさか！」

「仕方がないだろう」

　そのまま食ってかかろうとする部下の頭を、子供にするようにマニージェは叩いた。

「あの男が一番、各国の戦線に近いのは間違いない」

「しかし……！」

村のみんなが、なんと言うか、と言う部下に「すぐに追いつくはずだ。うまくごまかしておいてくれ」とマニージェは片目を閉じてみせた。その愛嬌《あいきょう》のある仕草に、よけい途方にくれたような顔を、部下である隊員はしてみせた。

「おばばをよろしく。手配は頼んだぞ」

そう言い残すと、もう足を止めることはなかった。

「チル！」

チルの腕を引き、連れ去るように出発をする。

「私の馬に乗れ。走らせるから、お前の足は譲ってやれ」

一団の集合を待たず駆け出した隊長に、隊員達は驚き、口々にどよめきの声をあげた。

「しばらく留守にするぞ！」

マニージェはどこか楽しそうにさえ見えるような横顔で、高らかに答える。

「国を見せてくる！」

チルは強く目を閉じると、マニージェに抱えられるようになり、強くしがみついた。

自分のものではない、心臓の音がした。

それが、こんなに安心するなんて思いもしなかった。

チルがすべてを思い出してから、マニージェが見せたリスターンという国は、異国であって異郷であった。チルはもとより、自分の家と、それにまつわる社会、そしてアルコールと排ガスの路地しか知らなかった。

風がこんなにも豊かに、乾きながらも多くを連れてくるものだとは考えたこともなかった。水の土地は水の。砂の土地は砂の。そして草はそれぞれに質感が違う。目を細めながらそれらに触れるだけで、肺の中にチリチリとした刺激と、熱が溜《た》まるようだった。

「水が前よりも澄んでいる。わかるか？」

水辺にマニージェが馬を止めて、チルを降ろしながら言った。足裏にあたる大地の感触が久々で、チルは目を白黒させて答えられなかった。マニージェとの二人の旅は、一団よりもずっと過酷だった。とにかく、移動量と速度が違った。

ようやくとれた休息は、美しい水辺だった。その美しさも、お前のおかげだとマニージェは言う。

「王がマントを得たことを、大地が喜んでいる」

チルが思わず、自分が肩に纏ったマントを引き寄せた。マニージェの言葉が、チルへの機嫌をとる言葉なのか、それとも自身の信仰を確かめる言葉なのかもわからなかったが、美しい水に手をつけた。

「この水は、飲んでも？」

「ああ」

自分よりも先に馬をいたわるマニージェが、振り返って頷いた。

そっと唇を寄せると、冷たい水はかすかに緑の味がする、清涼感がした。

「おいしい」

チルが思わず呟くと、「お前の国とは違ったか」とマニージェが聞いた。

「うん」

チルが、マニージェに背中を向けて丸くなったままで言う。

「もっと、金属の味がした」

それからもっと、苦かった気がする。味ばかりではないのだろう、洗面台や、シャワールームの空気の苦さだ。

今ここでは、鼻を通る草のにおいを味と感じたのだと、その時ようやく気づいた。

「金属の混じった水は身体にはよくないんじゃないか」

隣に来たマニージェは、チルのことを聞いてくれた。王としてのチルではなく、ただひとりで、どうしようもない生き方をしてきた小さな知留のことを。

「水より身体に悪いものがたくさんあったから」

弛緩《しかん》するように、小さく笑ってチルが言った。客観的に、思い返してみれば、かいつまんだって馬鹿げたことばかりだった。

どこにも帰る場所なんかなくて。

誰も頼れる相手なんかいなかった、という子供の時代と、その終わり。

とりつくろうことも出来なかったけれど、今でも、他の生き方を選べた気がしなかった。

子供達だけで夜の汚い街に生きることに決めたのだ、とチルが話すと、「愚かしい」とマニージェは一蹴した。

その横顔に強い感情はにじんでいなかった。だから、チルは自分が責められているようには感じなかった。非難されても当然だと思っていたのに。マニージェみたいな、ちゃんとした大人からは。

マニージェは淡々と言った。

「未熟な集団は崩壊もはやいが、狡猾《こうかつ》な者によって庇護ではなく搾取のために囲われるのが関の山だ。集団としての機能はなさない」

それは、その通りだったから、チルはただ、納得した。確かに、未熟な集団だった。刹那的な、快楽と享楽、そして傷のなめ合いに身をまかせた。利口だなんて、思ったことはなかった。

同時に少し、意外だった。責められながらも、もう少し、いたわられ、哀れまれると思ったのだ。子供への、甘やかし。かわいそうだから、と客を紹介してくれた、あの街に出入りしていた「大人」みたいに。

かわいそうだと言われたかった。ひどい目にあったね、ひどいひとがいたね。ずっとマニージェは、粗野ながらも優しくしてくれていたから期待をした。

けれど、そんな風に、簡単に、慰めることはしなかった。

「それでも生き延びるすべだったのだろう」とマニージェは思い切りよく服を脱ぎながら言った。

そうだ、と思った。チルは頷きながら、自分は渡された布を水につけ、身体を拭った。

「でも、諦めてしまった。もう顔も覚えてない父親から、お金を送ってもらえなくなった時に、ヤケになった、っていうのかな……。自分の……身体を売って生きようって」

どうかいつまんだって、他人事のように嘯《うそぶ》いたって、あまりにみじめな言葉だった。もとの世界の、誰にだって、こんなあけすけに言ったことはなかった。言いながら、チルは胸の奥が痛んだ。こんなのは、市販薬をラムネみたいに噛んだり、手首を切って顔色をうかがうこととなにも変わらない、と思った。自虐の言葉だった。

チルは注意深くマニージェの反応を確かめた。今度こそ、哀れまれるだろうか、軽蔑されるだろうか。そのどれであっても、叶うのならば、ひどくされたい、と思う心があった。馬鹿なことをするな。自分を大切にしろ。そんな風に叱ってもらって、罰を受けたかったのかもしれない。本当にそうされたら、反感を持つことは間違いないのに。

しかし服を脱ぎ捨てたマニージェはなにも言わず、音を立てて水辺に飛び込んだところだった。

透明な滝に赤い髪を広げながら、マニージェはごしごしと顔を洗って言った。

「当然だな」

それから、水にふわりと浮かんだ。肺が膨らむとむき出しの胸が水面から覗き、チルは瞬きをして目をそらした。傷だらけだけれど、はりのある女の身体だった。

浮かんだままマニージェは言う。

「売るものが他になければ身を売る。そうなるのは当然だ。絶望にすべてを諦めるよりはずっとマシだ」

そして浅瀬まで歩いてくると、腰までつかりながら、自分の髪を絞った。

「たとえば敵軍の捕虜になった仲間が、身体を売ることを強要されたとして」

淡々とマニージェは続ける。

「身体より誇りを守って舌を噛んだと言われても、私はまったく喜ばない」

その言葉に、はっとチルはマニージェの顔を見た。マニージェは身体を隠すこともせずに、まっすぐチルを見た。

「死なずに生き延びられたのならば、お前は十分に力を尽くしたということだ。お前は戦士だった。小さいながらも、誇りを持って生きたということだ」

その言葉に、チルは顔を歪める。

お前は戦士だった。

戦っていた。

どれだけ小さくても、誇りを持っていた、とマニージェは、確かな声で言うのだ。

どれだけ、自分を愚者のように見せて、悪者のように言ったとしても。

「わたしは」

目を覆い、うなだれる。

「わたしは……」

肩に濡れた手の置かれる気配。

「もちろん、他の生き方があるなら、絶対にそんなことはするべきではない」

それでもやらなければ生きていけないことはあるだろう、と言われ、そう信じてくれたマニージェのことをチルは思う。胸が締め付けられそうだ。本当はそうではなかったことを知っているチルだから。

そうじゃない、絶対に。

身体なんて、売らなくても生きてはいけた。

そうしようとしたのは、それが一番、楽だったから。自分を粗末に扱うことが、誰からも大切にされていないことの、唯一の反抗であり、抵抗だったから。

愚かだったと思う。

それでもその時は、それしかないと思ったことも事実だった。それさえ本当に愚かだったけれど。

「とってくれ」

マニージェがつとめて感情を見せずそうチルに頼んだ。チルは近くにたたんであった乾いた布をとると、まだ水のしたたるマニージェに渡した。傷の目立つ身体を上から下まで見て。

「……？」

ふと、なにか違和感を覚えてチルは眉を寄せた。

「ん？」

ひとの気配を読むことに長けているマニージェは、その視線に気づいて、「ああ」と服を手早く纏いながら、甲冑の上からではわからない、自分の下腹部、その膨らみをなでた。

そこに丁寧に巻かれていたのは、見事な刺繍をした布だった。チルは、それがなんらかの魔術をとじこめた布であることがすぐにわかった。

今、マントを纏うチルには、その布に刺された刺繍の、ひとつひとつの魔力の凹凸まで見えるのだった。

そう、無駄な脂肪のほとんどない、ひきしまった筋肉のマニージェの身体の中で、その下腹部が、不自然に膨らんでいた。どうして不自然と思ったかは、チルには説明出来ないけれど。

マニージェは告げた。

「私は妊婦だ」

その言葉に、チルは息も止まるほど驚いた。意味を理解するまで、数拍を要して、それからさぁっと顔を青ざめさせた。

赤子を身ごもった人間の身体について、チルはまったく詳しくない。けれど、これまでのマニージェの行動をかえりみるに、こんなことはあっていいはずがないと思った。

マニージェは服を纏いながら、気負うことなく続けた。

「もちろん知る者は少ない。ハフト先生と隠れ里の女達くらいだろう。普段は甲冑で隠しているしな。……いや、おばばは気づいていたな。前に会った時に指摘していた。においが変わるらしい」

それからチルははっと気づき、思わず口に出していた。

「もしかして、ハフト先生の子供？」

いくつかのことが、それなら納得が出来た。マニージェの無茶をひとりいさめる言葉だとか。しかしマニージェは「あり得ない」と首を振った。

「突然どうして先生が出てくる。彼は医者としての知識もあるから相談しただけだ」

「じゃあ誰？」

聞いてから、過ぎたことだとチルは思った。マニージェが誰とつながり、そういう行為をして、子を成したからといって、出会ったばかりのチルがその相手について知っても言えることとなんかなにもなかった。思わず下衆《げす》な勘ぐりをしたことを、恥じた。

多分、自分のことを、聞いてもらいすぎたからだろう。だから、同じように教えてもらえるのではないかと、思えてしまった。自分が思うよりも、この強い女性に心を許していたのだとチルは気づいた。

それは、母親にも、他のあらゆる大人にも、あの街の子供達にも、誰にもしてこなかったことだった。

チルの問いかけに、マニージェは淡く笑って答えなかった。言ってもわからないと考えたのか、言いたくなかったのか。

「食事をしたら水を汲《く》んで発つぞ」

そう会話を切り上げられては、それ以上つなげることが出来なかった。チルは無意識のうちに、自分の腹をさする。

ぶるりと身体が震えて、チルは慌てて湿気《しけ》た身体にマントをたぐり寄せた。ぎゅっと力をこめる。視界の端に、マニージェがいる。

「待って」

チルは立ち上がると、そっとマニージェの下腹部に手をあてた。ゆっくりと、まばたきをする。その瞬間に脳裏に浮かべたのは、刺繡の一刺し一刺しが、浮き上がり、またそこへと収束されるシーンだ。

祈りの仕方も知らなかった。刺繡と織物の魔術なんて、まだ、信じてもいない。けれど、どうかと思ったのだ。どうか。

まだ小さなこの子の無事を、祈らせて欲しいと。

「ありがとう」

マニージェは、微笑みよりももっと泣きそうな顔で、目を細め、チルの小さな頭を力一杯抱いた。

「わっ」

抱きすくめられて顔が見えなかったが、耳に届く言葉は喜びに満ちていた。

「心より感謝する。必ず、無事に産んでみせるよ。国の王から祝福を受けた、はじめての赤子だ」

それは、思わず口をついて出た言葉だったのだろう。

彼女の強い喜びが響いたから、否定する言葉なんて、発することも出来なかった。わたしは、王様じゃない、なんて。

水が流れる音がしている。

心拍は今、マニージェのそれひとつしか聞こえない。けれどこの身体には、今、確かに、心臓がふたつある。

どうして子供なんてつくったのと、聞いたら彼女はいつか、教えてくれるだろうか。欲しかったの。出来てしまった？　嬉《うれ》しかったの。それとも、そんな特別なことではないの。

男に自分を売る前に、逃げ出してしまったチルにはわからない。聞きたいのだろうか、と自問する。知りたいのだろうか。

そんな欲求も、未来もないというのに？

記憶を取り戻してから、もとの世界に帰ることばかりチルは考えている。

たとえば帰ることが出来るなら、帰れるとして。じゃあどこに帰るというのだろう。

夜の街はもう一度自分を受け入れてくれるだろうか。福祉に逃げ込めば助けてもらえるのか。ひどい目にあったと大人にすがることを、自分に許せるか。それをすることは、母親と同じだという思いがチルにはある。

自分が帰れば、母親はきっと泣くだろう。

またその感情の供物になる、とチルが思う。それだけは絶対に、嫌だった。

でも、他の誰もがそのくらいの嫌なことを当然として、受け入れていて、自分がわがままなだけなのかもしれないとチルは思った。

戦場の近くに暮らすひとは、こんなわがままを思わないに違いない。

すべてを忘れていられた時よりも、今の方が、チルにはずっとつらかった。

マニージェの身体が離れると、チルはうなだれて、ずっ、と洟《はな》をすすった。

「出られるか」

馬をなでるマニージェが呼んでいる。ふらふらとそちらへチルは吸い寄せられる。

わたしを呼ぶひとがいる。

こちらだと、導くひとが。

それだけが今、チルの足を進めさせていた。

チルは痺れてもう力の入らない腕を伸ばし、マニージェの強い力に引き上げてもらった。強い腕に抱かれ、眠るわけではないのに目を閉じる。

水をあびたばかりの、透明なにおいの中に、消しきれない血のにおいがした。


そこから走り詰めて、目的地に着いたのはもう夜も深い時間だった。星を読みながら、岩場につくられた宮殿のような建物の前にたどりつき、ひとつの門の前に立った。

「なにものだ！」

門には武装した門番がいた。門番はマニージェの姿を目に留めて、はっと驚き、けたたましく傍らの鐘を鳴らすとためらうことなく剣を抜いた。

無言であったが、兜《かぶと》の下にある視線には強い殺意があった。チルはおびえるようにマニージェの外套に隠れた。その視線を受け止める。マニージェは笑っている。それが、顔を伏せていてもチルにはわかった。

「名乗りがいるか」

顔を覆う布を外して、マニージェが顔を晒すと、門を開かず乗り越える形で、武装した男達が現れた。その全員に、マニージェは宣言してみせた。

「旧宮廷軍隊長のマニージェだ！　貴様ら護衛隊の首長、ビージャンに火急の用向きがあって来た！」

その叫びに、かえったのは波のような怒号だった。チルは思わず自分の耳を塞いだ。マントを引きあわせて、身体を縮める。

男達は剣をおさめることはなく、マニージェは剣を抜くことがなかった。背負うマニージェが動じなかったからだろう。火矢を向けられても馬は安穏としたものだった。

一触即発のまま時間は止まっていた。その緊迫を裂いたのは、大きな門の駆動音だった。低く耳をつんざく音がして。

奥から現れたのは、夜のような男だった。

そっとチルは、その姿をマニージェの腕の中から覗いてみた。

星のない夜だと思った。そのくせ、気配はぎらぎらと華やかで派手だった。屈強な男達の間にあっても、まだ頭一つ分大きく、ざんばらな長い髪が、顔の半分を隠していた。黒目の大きな瞳の眼光が、すい込まれるように、強い。若いのか、年寄りなのかもチルには判断つかなかったが、生命力そのもののような気配だった。

「久しいな、ビージャン」

とマニージェが、旧知にするように声をかける。そのことでまた男達の緊張が高まり、同時に挨拶をされた男が不快に顔を歪めたのがわかった。

「なにをしに来た、闘牛女め」

声は割れ、低かった。艶《つや》やかでありながら、地の割れるような声だと思った。

はは、とマニージェは笑った。

それがどんな笑いなのかは、チルにはわからない。そして、片腕を上げると、外套を開きチルの首を脇に抱えるようにした。そのまま絞められるのかと思って、チルが悲鳴にならない悲鳴をのんだ。

マニージェはチルに取り合うことなく言い放った。

「耳のいい貴様のことだ、聞き及んでいるだろう？　聖衣が王を選んだ。貴様にもその尊顔を見せてやろうと思ってわざわざこちらからはせ参じてやったのだ」

「その子鼠《こねずみ》が、王だと？」

苛立《いらだ》つようにビージャンと呼ばれた男が言った。視線が自分に向けられたとチルは気づいて、ぱちぱちとマニージェの腕を叩いた。

さらりとチルの肩から、マントの豊かな布が流れた。

ビージャンが一瞬眉を動かし、目を細める。それから、また吐き捨てるようにため息をつくと、指先だけで、すべての男達に指示を出した。

「中に入れ。剣と馬は置いてこい」

「剣を置いては、王を守れない」

マニージェが異議を唱えると、ビージャンが肩越しにだけ振り返る。

「身を挺《てい》して守ればいい。それくらい出来るだろう」

その分厚い肉は飾りかと暴言を吐いたが、その言葉自体をチルはもう恐ろしいとは思わなかった。そばにいるマニージェが、まったく恐れていないことがわかったからだ。

「マニージェ」

馬から下ろされながら、チルが囁く。

「ここは……？」

「これから説明する」

手短にマニージェは言った。

「東の護衛隊。反聖獣派の塒《ねぐら》だ」

心配することはない、お前のことは命にかえても守るとマニージェはチルをなでたが。

心配するなという方が無茶だと、チルは思わずにはいられなかった。


マニージェとチルが通されたのは、マニージェの隠れ里とはまったく様相の違う場所だった。護衛隊は聖廟を塒にしているとマニージェが以前言っていた。天井の高い、聖堂のような建築物の中に、雑多な男達の社会が広がっていた。酒のにおいが強く、煙が充満している。マニージェとチルは、物珍しそうな男達の視線に晒された。チルはマントの中で小さくなったが、マニージェはその雑多な視線に気を留めることもなく、胸をはって大股で歩いた。

そして聖堂の一番奥に連れてこられると、礼拝堂のような場所で、ビージャンは人払いを命じた。「しかし」と抵抗する部下を睨みだけで下がらせる。マニージェに剣を置かせたが、自分は帯剣したまま。

司祭が立つような数段高い場所で、豪奢な椅子に乱暴に腰掛けた。

対するマニージェはふわりと毛足の長い絨毯に腰を下ろした。チルも慌てて同じようにする。

睨み合いは、息が詰まるほどの時間続いた。張り詰めた沈黙を、大きなため息とともに破ったのは、ビージャンの方だった。

「いい加減にしろ、マニージェ！」

怒鳴り声。ぴっとチルの背が伸びるが、しかし、その声色は、先ほどとは大きく違うように感じられた。

がしがしと獅子《しし》のような黒髪をかいて、わめくようにビージャンが言う。

「てめぇは自分の立場ってもんを考えろ、俺のそれもだ！」

「そんな……」

ふっと笑ってマニージェが答えた。笑みを深くに殺すような、煽《あお》る言い方だった。

「照れなくてもいいじゃないか」

「誰がだ！」

思わず椅子から立ち上がった。ビージャンは噛みつかんばかりの怒りの形相だったが、チルは困惑するばかりだった。

この二人が今の会話を通じて、どういった意思疎通をしているのかわからなかったのだ。けんか腰なのは、よくわかったが……。

混乱するチルの方を一瞬見て、ビージャンは再度、やはり投げやりに足を組んで座り直した。

「おい子鼠」

呼ばれたのが自分のことだと、チルは一拍あとに理解した。マニージェを見ると、小さく頷いた。チルはおそるおそる立ち上がる。

ビージャンはチルを、頭のてっぺんからつま先まで見た。

「子供だな」

そして改めて、苦々しくそう呟いた。「後ろを向け」と命じられるままに、ビージャンに背を向ける。なにを見ようとしたのかは、チルにもわかった。

彼女が纏っている聖獣のマントを、痛いほどの視線で射貫いて。

「……やはり俺には、わからんな」

と苦虫を嚙みつぶしたように言った。

「神威というものがあるならば、てめぇらにとってはそうなのだろう。俺はその真偽に興味はない。しかしなぁ、マニージェ」

そのまま顔を歪めて身を乗り出した。チルには前を向くことさえ指示することはなく、おずおずと座り直しても、もはやこちらを見ることもなかった。

「何度同じことを言わせる？　俺達護衛隊は、聖獣の王選びには反対だ」

護衛隊とは、旧宮廷軍とは信念を異とする傭兵部隊である、とチルはマニージェに聞いていた。聖獣による王の選択を拒否する。それはこの国の信仰に反することだとマニージェは語っていた。

王のあり方を、認めないひと達。

その首長である男に、マニージェは薄く笑って言った。

「だったら貴様が王になればよかったのだ」

「不敬をそそのかすのはやめろ。てめぇに斬られていただけだろうが」

「斬り返せばよかったのだ」

ガシャン、と音がした。ビージャンが自分の腰掛けのような椅子を拳で殴った音だった。その視線は、最初に現れた時よりももっとさえざえとしていて、恐ろしさに血が下がるようにチルには感じられた。

しかしマニージェはひるむことはなかった。片膝で立ち、厳しい声で告げた。

「現に今、獣ではなく人に依《よ》る王は立ったか？　聖獣よりも先に、この国を救ってくれる王が立つというのならば、私だってそれに従うと告げたはずだ」

「詭弁《きべん》だ」

もっと強い口調で怒鳴り返すかと思ったが、ビージャンの声は虚無めいて、天井の高い建物に響いた。自分の指先を、浅く組み合わせて、うなだれるように彼は言った。

「そう言いながら、そんなことはあり得ないと、てめぇの目は語っていたさ」

マニージェは、わざとらしく大きく首を傾げてみせた。

「おかしいな。言葉が足りないとは、よく言われているのだが」

ビージャンから再度のため息。

次に顔を上げた時にはさえざえと、荒くれの長たる男の顔に戻っていた。

「……改めて聞く、ここへ、なにをしに来た」

ビージャンの詰問に。

「貴様の力を借りたい」

とあまりに不遜にマニージェは宣言した。

「私達は消えたクリキュラを見つけ出すつもりだ。しかし手がかりがない。貴様のその、聡い耳を頼りに砂漠を横断してきた」

マニージェの言葉に、ビージャンは一切表情を動かすことがなかった。顔つきは、冷えている。恐ろしい無をうつすまま。

「なぜ、俺がそれを請け負うと思った？」

「それがまた、現王制を覆す道でもあるからだ」

当然のようにマニージェが言う。

そこまで聞いて、少しだけビージャンの顔つきが変わった。どういうことだと、上げた顔が問うていた。はじめて、マニージェはチルを向いた。

「彼女は名前をチルという。クリキュラに選ばれ、聖衣を受け取った。しかし……」

ビージャンの目が、チルの目に合わせられた。その黒い瞳が恐ろしくて、チルはすぐに目をそらしてしまったが。

「彼女は王になることを拒んでいる」

淡々とマニージェは告げた。

「彼女は国も、世界さえも越えて、クリキュラにより攫われてきたと言っている。この国で、この世界で王になどなりたくないと。自分の祖国に帰ることを望んでいるんだ」

チルはぐっと、奥歯を噛んでうつむいた。眼球の裏側が、じわりとにじむのがわかった。いうことをきかない。自分の脳に、命じる。揺れる、な。

「彼女の望みを叶えてやりたい」

マニージェの言葉に、もう一度、ビージャンは「詭弁だ」と言った。

「俺は、てめぇを信用出来ない。マニージェ」

それは、心からの言葉だったのだろう。血を吐くような、憎々しい台詞《せりふ》ではあったが。

マニージェはふっと笑い、「信じてもらわなくて構わない、私を」とやわらかな口調で言った。

しかしその実、誠意そのもののような声色で、彼女は語るのだ。

「私は確かに、聖王制を尊んでいる。しかし同時に、此度のクリキュラのやり方は早急すぎたのではないかとも考えている。そしてその焦燥は、国民である私達のそれをうつしたのではないかと思わずにはいられないんだ。今も……一刻もはやくと願ってやまない」

チルはマニージェを信じていた。だから、マニージェの言葉も、心からのものだと思った。だからこそ、心が締め付けられ、ぎゅうっと自分のマントをつかんだ。

──聖獣は王を選んだ。

──リスターンは、荒野からよみがえる。

彼女の叫びは、きっと、悲願だ。チルが、生まれた時からただの一度も感じたことがないような、本当の望み。

それでも、マニージェはその精悍な横顔で、ためらうことなく言った。

「しかし、チルをそのための、生け贄にするわけにはいかない。私達が祖国を愛するように、彼女にも祖国がある」

動悸《どうき》がする。チルの背が丸くなっていく。

祖国。そんなものなんてないと言ったら、マニージェはなんと言うだろう。愛した国なんてない。生きていたい世界なんかない。

(生まれ変わりたい)

そう、祈ったのはわたしなのに。

祈った先で、またこんな風に、逃げるのか。

もう、二度と、誰も、わたしのことを大切にしてはくれないかもしれないのに？

（ううん、ここにいたって）

大切になんかされるわけがない。誰かの役にも立てないし、ひとの上になんて、王様になんて、なれるわけなんかないから。

（わたしなんか、が――）

その瞬間だった。ふわりと、背中に、呼吸のようなあたたかさが巡った。チリチリと、低音で焼けるように、痺れ、を感じたのは、心臓がその熱に驚いたからだった。

「…………っ」

強く目をつむり、前のめりに、頭を下げた。あえぐようになる声を、息を止めることでなんとかとどめたが、マニージェには気配が知られたようだった。

「チル、どうした」

マニージェが腰を浮かし、チルを覗き込んだ。チルは首を振る。自分でも、なにがこんなに苦しいのかわからなかった。

ビージャンは動くことはなかったが、注意深くチルを観察し、

「……その子鼠を、そそのかしてかついでいるんじゃないだろうな」

と低い声で言った。

ぱっと、マニージェが彼に向き直る。

「侮辱か？」

ぶわりとその赤髪がさかだったような気がした。ビージャンは嘆息して手を上げる。

「ここで殺気を出すな。人払いをした意味がない」

そして近くにある煙管《キセル》をおもむろにとると、葉に火をいれた。マニージェは自分も気を取り直すように、首元に巻いた布で鼻までを塞いだ。心を落ち着けているようにも見えたし、違う目的のようにも、チルは感じられた。

比較的穏やかであろうとする沈黙が流れ、チルの動悸もいくらか収まった。

「誰も、お前にそんな小器用さがあるとは思ってねぇよ。そんな狡猾なやつだったら、もう少しやりやすかったぐらいだ」

紫煙。チルは、咳《せ》き込《こ》む仕草をした。ん、とビージャンはそれに気づき、盆に灰を落とす。

そして腕を組み、チルを見た。

「おい、子鼠。……チルといったか」

チルは少し前屈《まえかが》みになったままで、視線だけを上げた。

「本当に、首の落ちた聖獣がまだ生きていると信じられるのか」

その問いかけに、チルはうろたえた。本当に生きているのか。死んだはずだと思った。

だって、最後の記憶は……。

そう思った、けれど。

「わか、ら、ない」

少し青ざめた唇を震わせながら、かすれた声でチルは言った。聖なる獣のことは、チルにはわからない。

「でも」

ゆっくりと、まぶたを落とす。目をつむり、フードに頬をすり寄せると、マントをまた握って引き寄せた。

盲いた職人の手により繕われたそのマントは、チルの肌にこれ以上なくなじんだ。それだけは、確かだった。そして。

「時々聞こえる。心臓の音がする。あいつが死んでいるなら……この熱も、この音も、おかしいと、思う」

特別な力なんか、なにもないけれど。でも、確かに声はしたのだ。このマントをもう一度纏った時に。

歓喜に響いた声は、間違いなく――チルを攫った、クリキュラのもの。

(攫われた?)

のだろうか、とチルは思う。

(『界を渡り、あなたさまを迎えに来た』)

思い出すと、すぐに、わからなくなってしまう。自分は、どこに生きるべきか。誰を待ち、なにを求めて生きていけばいいのか。

「だから言っただろう。チルは間違いなく、聖衣の持ち主なのだ」

ぐい、とマニージェが口元を隠した布を外し、ビージャンにすごんだ。息のかかりそうな近さだった。彼女は甲冑を着ていたが丸腰で、ビージャンの腰には剣が差さっていた。それでもひとつも臆さずに、低い声で言った。

「聖獣は今、どこにいる？」

まばたきもせずに、にやりとビージャンは笑った。

「俺が知るか」

返す刀でマニージェが言い放つ。

「貴様、聖獣の首が落ちたと言ったな。それを、誰から聞いた？」

は、とビージャンの表情がかたまる。ふっとマニージェは笑った。殺伐とした笑みだった。

「……私は、聖獣の行方がわからない、としか言っていないが？」

大きな舌打ちが部屋の中に響いた。

マニージェは追及の口調をゆるめない。むなぐらをつかむような勢いで。

「修繕の工房を襲ったやつらは、確かにバアラの兵の身なりをしていた。捕虜にもしたから間違いがない。しかし、やつらが使っていた火薬は、見慣れないものだった」

ドンファンが絡んでいるのではないかと、マニージェは詰めたのだ。しかし、ビージャンは動揺した様子もなく、ぐっとマニージェの肩を押しのけ、顔を背けた。

落ちくぼんだ目に影が入り、陰鬱とした表情だった。至近距離で、吐き捨てる。

「俺達にとっちゃ、情報が黄金だ。――情報源とともにな。てめぇにその代金が払えるのか？」

ふむ、とマニージェは身を起こした。

「それとも、身体で払ってみせるか？」

続いたのは完全に、嘲笑のこもった言い方だった。軽蔑の中に、自嘲めいたニュアンス。チルが不快さに眉を寄せる。

「構わないぞ」

けろりとマニージェは答えて自分の膝を叩いてみせた。

「では今すぐにでも。貴様に決闘を申し込もう。剣を貸せ。私が勝ったら、貴様の知る情報を渡してもらおう。私達に手を貸すんだ」

は、と、笑いにならない笑みを浮かべる、ビージャンの顔は陰鬱なままだ。

「……俺が勝ったら？」

じっとりと呆《あき》れたように低い声でビージャンが尋ねると。

「貴様に従おう。旧宮廷軍は、聖獣王の戴冠を諦める。貴様の考える、人間による人間の王制とやらに乗ってやろうじゃないか。その代わりに……」

続く言葉を、ビージャンがつないだ。

「この子鼠だけは、元いた世界に帰せ。そういうことか？」

我が意を得たりとマニージェは頷いた。どちらにせよ、聖獣を取り戻さなくてはいけないからくりになっている。大きくビージャンはため息をつくと、組んだ足を肘置きにして顔を歪めながら言った。

「なに得意げな顔をしてやがる。てめぇの闘牛みてぇな喧嘩《けんか》をかってやるいわれはねぇよ。死ぬほどこちらの分がわりぃだろうが。盗賊団あがりとしちゃ、絶対に乗れない賭けだな」

「だったら、貴様が一番分がいいと思った時に、私を出し抜くがいいさ。もとより、貴様が私を信じてくれるとは思っていない」

マニージェの言葉は豪快で、対するビージャンは、怒りや軽蔑よりも、すでに呆れの域にあった。視線だけで天を仰ぎ、投げやりに呟く。

「本当の悪党ってのは、てめぇみたいなことをいうんじゃねぇかと、俺は思うがね……」

「同感だ」

とマニージェは笑って、ビージャンから距離をとった。離れたビージャンは薄くため息をつき、しばし無言で考え込むようだった。

マニージェはその熟考を意に介さず、座り込むチルに手を伸ばしながら言った。

「ひとまず、貴様が工房襲撃を手引きしているわけではないということはわかった。今日はそれでよしとすることにしよう」

その言葉に「待て」と身を乗り出したのはビージャンだった。

「今の会話に、そんなことを証明出来る余地があったか？」

「ああ」とマニージェが頷く。

「もし私達への襲撃が、貴様の指示なら。貴様はここで私の決闘を受けただろう。そこで道理がないとしらをきる下劣さは、貴様にはないはずだ」

マニージェが断言をすると、椅子の上、今度こそビージャンが肩を落として脱力したのがわかった。どう見ても、豪胆さはマニージェの方が上だった。

チルにも、おぼろげながらわかる。もとから、マニージェはビージャンから情報を聞き出そうとは思っていなかったのだろう。

この国の均衡の一角、その長たる者に、チルの顔を見せること。聖獣の生存を確たる情報であると示すこと。

その上で、国の内外、どちらにつくのかと選ばせるのが目的だとしたら……、やはりマニージェは、自分を元いた国になど帰すつもりはないのかもしれないと、チルは思った。

そうだとして。一体どんな気持ちでそれを受け止めたらいいのかは、チルにはわからなかったが。今は、マニージェが危険な目にあわなかったことに安堵した。

「遅くに邪魔をしたな。貴様らが反聖獣派であることは知っているが、チルを元の世界に帰すためだ。なにかわかることがあったらなんでもいい、教えてくれ」

来たばかりであるが、用は済んだとばかりにここをこのままあとにするつもりらしかった。発つ前には工房で別れた旧宮廷軍の捕虜交換に合流すると言っていた。急ぐのだろう。

ためらわずに歩き出すマニージェの背中に、目尻の垂れた目をぐったりと据わらせて、ビージャンは言った。

「……南の水源上流に、野営用の小屋を建ててある。夜を明かすならそこにしろ。聖獣王様にゃ、ここの男臭い絨毯は合わないだろうさ」

マニージェは眉を上げると、ビージャンを振り返った。

「恩にきる」

それがどんな表情だったのかはチルにはわからなかったが、マニージェはその言葉を最後に、チルとともに、聖堂をあとにした。

塒の男達はチルとマニージェを睨みつけていたが、引き留めるものはいなかった。外に待たせていた馬に乗る前に、チルはそっと、マニージェに聞いた。

「……ビージャンと、仲がいいの？」

「見た通りだ。仲はよくないな」

即答だった。それからチルへ顔を向けて、にっとマニージェは笑った。

「だが、私はあの男が好きなんだ」

星がその肩越しに見えていた。いくつか流星も見えた。チルは自分のマントを引き寄せながら、マニージェを見上げた。

マニージェがビージャンを好きだという。長く敵対していた組織の頭領なのではないのか。しかし、彼女が「そう」であることは、隣で見ていたチルにもわかったのだ。

そして、ビージャンもまた。マニージェに対する態度は、他の仲間を前にする時と、チルだけの時ではまったく違うように思えた。

そんな二人のやりとりを、どう結びつけて、どんな結論にすればいいのかは、チルにはわからなかったけれど。

マニージェは、チルの耳に唇を寄せ、秘め事を、そっと教えてくれる。

「私より強い男は、今この国ではあいつくらいだから」

チルはその言葉に、なんだか我慢が出来なくなって、目の前に立つマニージェの、腰周りに腕をまわしてしがみついた。

マニージェはチルのその行為に驚いたようだったが、もちろんびくともしなかった。

その、甲冑の上からではまったくわからないお腹《なか》を抱きしめて。

「煙。吸わない方が絶対にいい」

とだけ、チルは言った。

抱きしめるやり方なんてわからなかった。人肌が苦手であったし、触れることに嫌悪があった。でも、こうすることは、マニージェにしがみついて馬に乗ることとそうかわらないし。

そうしたいと思ったのだ。言葉だけでは嫌だった。そんなことを思ったのははじめてだった。

チルの頭に手が置かれ、マニージェが笑ったような気配がして。

「お前は優しいな」

とチルの頭をなでてくれた。そんなことを言われたのははじめてだと重ねてチルは思う。わからない。友達にご飯をおごってあげた時とか、言われてきたかもしれない。優しいって。けれど、マニージェが言うのはそういうものではない気がした。

それが、不思議なほどに心地よかった。

塒を出たマニージェとチルがビージャンに教えられた野営小屋に着くと、薄い板張りで絨毯を敷いただけではあったが、野宿するよりはずっといい寝床に横になることが出来た。

チルがマントをかぶってそこに横になると、明かり取りの窓に一羽《わ》の鳥がやってきた。マニージェがその鳥の足下に結んである布をひらくと、極限まで薄いその布には、いくつかの言葉が書いてあるようだった。伝令布と呼ばれる特殊なものだとマニージェが旅の中で教えてくれた。

「誰から……？」

チルがすでに重いまぶたをこすり、横たわったまま聞くと、

「さっきの男からだ」

とマニージェは言った。視線は布から上げぬままで。

「捕虜交換をさきおくりにしろという連絡だ。バアラがドンファンの援助を受けているのならば、隠れ里を守ることにつとめるべきだということなのだろう。私も鳥を飛ばして、進路を変えよう」

そこでチルに向き直ると、珍しく眉を下げて、すまなさのにじむ顔をした。

「急ぎ里に戻ることにする。過酷な道中を強いることになる」

彼女はそう言い、チルの身体をいたわるが、実際に馬を走らせるのはマニージェだ。自分とてつらいはずなのに、チルばかりを心配してくれている。

「わたしは……」

平気、というわけではなかったが、覚悟していたほどにはつらくなくて自分でも驚いていた。このマントを羽織るようになってから、不思議と、疲れが残るようなことはなくなっていた。身体に力が満ちているように感じる。少し休めば、不思議なほど身体が軽くなる。これが、ひとのいう神の力なのかもしれない。

そして同時に、こんな形での極限が、自分に力をくれることがあるのだと思った。不安は、今も昔も確かにある。けれどやらねばならないことと、それをともに成そうとしてくれる人がそばにいてくれる。力を尽くし、身体を酷使し、その上でいたわってくれる。中学受験の時だって、こんな風に自分に使命めいたことを感じたことはないと思った。けれど、真面目に将来を目指す者の中にはもしかしたら、そういう風に、生きる力を持っていた者だっていたかもしれないと、チルは思った。

「……ねぇ、マニージェ」

まだ眠らない様子のマニージェに、チルが声をかけた。

「マニージェのお腹に子供がいること、ビージャンは知っているの？」

赤子の父親について。そうであると、マニージェに直接確かめたわけではない。ただ、マニージェはチルの問いかけに否定をしなかった。

いつものように、唇の端を持ち上げ笑って。

「知ったら怒るだろうな」

とひとりごちるように言った。

「それで、いいんだ？」

「それでいい」

外を見ながら、淡々と言う。

「国が落ち、混乱の中で両親を亡くした。その時私が、私の意志で腕の立つ人間を相手として望んだのだ。強い子供を残さねばならない。祖父も父も消えた今では……私が倒れても……この国を守る子が必要だ。誰よりも強くなければ。だから、だまし討ちのような形で、出自も立場も明かさず関係を結んだ。あいつの子供ではなく、私の子だ。あいつが知っている必要はない」

でも、好きなのに？

という言葉は、チルの口からは出すことが出来なかった。

ビージャンだって、聞きたいのではないか。少なくとも、聞けばなにかが変わるのではないか。けれど、マニージェはそういうことに、お腹の子供を使いたくないということなのかもしれない。

生まれてくる世界のために、国を守るために子供が欲しいとマニージェは言った。それは、子供を道具のように使うことではないのか。かつて、チルが自分の母親に対して蛇蝎《だかつ》のごとく嫌悪した考え方で、だけれど。

――人を好きになるって、どういうことだろう。マントをかぶり、丸くなりながら、ぐすぐすと鼻を鳴らして、チルは考える。

あの町で、チルに手をつけようとした男はたくさんいた。蹂躙されないためには、ひとりでいない、ということぐらいしか、自衛の手段はなかった。自分を守ることはとても難しいことで、愛されることの方がきっと、簡単だった。

人を好きになれれば楽だった。そうなって、駄目になった女の子をたくさん見てきた。みんな楽になりたかったのだろうと思っている。誰か、誰でもいい、強い人を、自分を守ってくれる人を好きになれたら、生きていくのが楽だろうって。でも、チルには出来なかった。こんなことで楽になんかなりたくないと思った。

今、マニージェには好きな男がいるという。自分よりも強い男を好きになったという。けれど、自分は自分のものだと、笑う。

その相手であるビージャンがどう思っているのかはわからないが、そんな好きの、なり方だってあるのだと思った。母親とも違うし、あの街にいたどんな女の子とも違う。依存や、慰め、救済。それだけではなくって。

重い睡魔が、チルのまぶたをおろそうとする。耐えきれずに睫毛が震えて、まなじりから、ひとすじ、涙がこぼれたのがチルにはわかった。

きらきらと、まぶたの裏側が光る。

身のうちがあたたかい。

わたしのひかり。

その夜、チルはまた夢を見た。

座り込んでいる自分と、背後にたたずんでいる男の夢だ。あたりは霧の中で、空も星も見えないから、昼なのか、夜なのか、ここが「どちら」の世界なのかもチルにはわからなかった。

それでも、肩に、手が置かれていることだけがわかる。自分の手を伸ばし、その手に重ねようとして……チルは、やめた。そこにある、と思った手が、重ねてみたらまぼろしのように消えてしまったら、やっぱりさみしいだろうから。

誰の手なのかは、チルはもう知っている。傷多く、枯れた手だ。

夢の中でさえぐっと涙を飲み込んで、チルは濃い霧に問いかける。

『どうしてわたしだったの？』

それは、ずっと思っていたことだった。

『どうして、わたしなんかを選んだの？』

あんな遠い場所で。なんの能力もなくて。多分きっと、誰のどんな期待にも応えられないような自分に。

国なんて、未来なんてどうして託したのかと聞いた。誰でもよかったの？　間違えたの？　いっそそうだと言ってくれたら諦めがついた。だってこんな今更、自分に期待なんてしたくなかった。

けれど、背後の気配は、ゆっくりとチルに囁くのだ。

『あなたさまが、あなたさまだったからです』

他のなにも理由はないというようだった。

『あなたさまが、あの日、あの時、わたくしを見つけてくれてよかった』

運命がチルを見つけたのだと、その声は囁いた。低く、甘い声で。

『わたくしの王』

その言葉は、従順であり、同時に乱暴でもあると思った。強い感情は、信仰であっても暴力ではないか。

たとえば、運命がわたしを愛したとして。

チルは思う。

わたしは運命を、愛することは出来るのか。

そんな命題は、チルにはわからない。ただ、今ここは夢の中だろう。きっと、魔法のマントが見せたまぼろしだ。手を重ねることなんて出来ないし。

どれだけ望んでも、わたしのことも抱きしめてくれない。

こんなにも、さみしいのに。

だから、そんな夢だから、聞けることもあった。

ねぇ、とチルは言う。

わたしは、この国の、こんな場所の、王様になんか、なりたくはないけれど。

『わたしが王様にならなかったら。あんたは、わたし以外を抱きしめるの?』

新しい王様を。

わたしではない誰かを。

——誰か、と思ったことはあった。誰かわたしを抱きしめてくれたらいいのにと。守ってくれたら、愛してくれたら。

でも、こんな風に思ったことは、なかったのだ。

チルの震える問いかけに、ぐっと、背後の気配が息をのみ込むのがわかった。荒い呼吸、乱れた脈の中で。

丸みを帯びたなにかが、額が、チルのむき出しのうなじに、あてられる。それはすべて、まぼろしの中のことだとしても。

『ひとりの王に、一枚のマントです』

祈りのような言葉が、吐息が、チルの脊椎に流し込まれるようだった。それは熱、痺れ、あるいは、歓喜。

それはまるで、恋の炎のようでは、なかったか。

『あなたさまが、わたくしを纏うなら、この国の王となってくださるのなら。永久の眠りにつく日まで、いいえ、眠りについてもなお。わたくしはあなたさまにおつかえいたします』

永久に、と聖獣は言った。

ぐうっと、チルの胸が締め付けられて、強くつむった目から、その思いが涙になってこぼれた。夢の中なのに、その熱だけは感じるのだからおかしな話だった。

あんたなんて嫌いだ、とチルは思う。

だって、今、ここで、わたしのことを抱きしめてくれないじゃない。

あんたを捨てて、もとの世界に帰る。国に帰る。家に帰る。待ってるひとが、ひとりだっていなくても。

だって、ここにいたら、願ってしまう。きっと、思ってしまう。

王になんてなりたくないのに。

あんたなんて、別に好きでもなんでもない。迷惑で、非常識で、恨めしくて、そういう風にしか思えないのに、願ってしまう。ぬくもりを、痺れを、知ってしまったから。


——どうか、わたし以外を、抱きしめないで。


そんなのまるで、願うことさえ許されないはずの勝手なわがままだ。

ただでさえ、こんなにどうしようもない自分なのに。これ以上、馬鹿にも愚かにもなりたくない。どうか、そんなことを願わせないでと、夢の中でも、迷子のようにチルは嘆いた。

ずっと、夢の中、その背に、ぴたりと寄り添うようにクリキュラがいた。

悲しみは自分のものであり、同時に彼のものでもあるようだった。

ああ、もしかしたら。

ひとを好きになるって、恋をするって、もしかしたら。

こんなにも悲しい。こんなにもさみしいのに。永遠みたいに続けばいいと思うような、夜だった。

第五章　踊る強襲

◆

男は焦っていた。憤っていたようにも見えたし、怒っているようにも見えた。

そしてそれらすべてを鎮めるために、なにものかに説くということ、教えるということを続けているのかもしれなかった。

相手が、聞いているかいないかは問題ではなく。

己自身のために。彼は講義を続けていた。


「今宵《こよい》は、王の話をいたしましょうか。——我が国では、王はすでに人ではありません。王座についた瞬間から、聖獣とともに、大地に根をはるように、この国の聖なる力とつながり、この国があるように、王があり続けます。それは確かに、限りある生命、ひとの生からは外れる行いです。しかし、それこそが、長くこの国を安定させてきたといってもおかしくはありません。もちろん、王にも寿命はあることでしょう。そうでなければ、永遠です。では、死せるはずのない王は、一体どのように死ぬのか……。王の死についてふれることは禁忌に近いこととされるため、その文書は多くは残っておりませんが、私にはひとつの仮説がありました。

その仮説は、証明がされた、ともいえるし、まだされてない、ともいえます。ところで。とある歴史学者はこう書き記しています。大切なのは玉座が埋まっていることである。誰が座るかは、たいした問題ではない――。彼はずいぶん皮肉屋であったようですから、史に残るべき言葉ではなかったようですが、これは、長く囁かれていたことでもありました。

王を選ぶのは聖獣の役割です。それは血統でもなければ、才でもないとされます。しかしながら……それでは、王としての器のないもの、国に対して、不利益をもたらすものが王であったならばいかがでしょう。その時は、宮殿の、誰もが王を支え、導くことでありましょう。そしてなにより――聖獣は常に、国のために正しいとされています。それは標《しるべ》であると。そして、聖獣の言葉を聞かなかった王はいないともいわれています。それはその通りでしょう。聖獣こそが、王を選び、王を王たらしめるのですから……。

先王の話をいたしましょう。これは、あなたもご存知ではないことでしょう。それとも、なんらかの形で、伝え聞いているのでしょうか。

先王は、臆病な男でした。強情で、頑固だった。彼の王制がはじまった当初はよかったのでしょうが、この国も、発展し、変化していきます。その変化には残念ながらついてはいけなかった。もとから、どうにも、聡明《そうめい》とはほど遠い人物であったと……わたくしに教えてくれた者がありました。

さて、此度の王選び、選ばれたのは……異国、異境、その、年端もいかない幼子だといわれていますよ。これは、本当に……荒廃したこの国を守り、再興させるにたる、新王と呼べるのでしょうか。聞こえていますか。聞こえているはずでしょう。

──あなたはまだ、生きておられるのだから」

どれほど講義を続けても、怒りはおさまりきらない。男が一歩先に出て、強くつかんだ。

それは、牢獄《ろうごく》の格子だった。

◆

自分の涙が冷たくて、チルは目をさました。ごろつく目をこすると、夜の明けたばかりのまぶしいひかりが視界に入った。

食事の用意をしていたらしいマニージェが小屋に入ってきた。水の入った器を渡しながら、「よく眠れたか」と尋ねる。この旅ではずっと、彼女の眠るところを見てはいなかった。本来ならば、もっと睡眠と休息をとるべき身体のはずだと思った。

「マニージェ」

チルが自分のマントをそっと、差し出す。

「これ……マニージェが使って。なにかよい効果があるかはわからないけど……もしも、少しでも、身体が楽になるなら」

「チル」

そっと手を押しとどめて、やわらかくも真剣な目でマニージェは言った。

「それは出来ない。これはお前のものであり、王のものである。私に強制する資格はないが……他の人間に渡してはならないよ。たとえ、お前が祖国に帰るとしても……決して、手放してはならない」

それよりもこれを食べろ、と薄く堅いパンと果実を渡してきた。それを受け取りながら、チルは難しい顔をして言った。

「――クリキュラの夢を見た気がする」

マニージェが膝をつく。

「クリキュラは、なんて？」

「あまり、思い出せない。多分、どうでもいいような、話しかしなくて……」

チルがそこで気づいて顔を上げる。

「そういえば、どこにいるのかって聞けばよかったんだね」

思いつかなかった、とチルは情けない顔をした。自分が本当に役立たずだと思ったのだった。次は、覚えておかなくちゃ。

「いいや」

チルの肩に手を置いて、マニージェは穏やかに言った。

「クリキュラの居場所は私達が必ず突き止めてみせる。チルがクリキュラと話が出来ている。それだけで十分に救われるんだ」

急《せ》かせるようだが、食事を済ませたらすぐに出るとマニージェが立ち上がった。チルもまた、慌てて食事を流し込んだ。

よく晴れた荒野を、マニージェとチルは全速力で駆けた。マニージェは速度を上げたが、チルはもう、平坦《へいたん》な場所であれば会話が出来る程度には慣れていた。

ねぇ、とチルは尋ねた。

「マニージェは、クリキュラと会ったことがあるの？」

「ああ。私は先生と一緒に、その誕生に居合わせた。聖獣は、不死鳥の森で羽化をする。星が降り注ぎ、黄金の繭を裂いてこの世に生まれる。この国で、一番晴れがましい夜だ。その夜は一晩中の祭りになる。けれど……」

その聖獣は王を選ばなかった、とマニージェは言った。

チルはその時のことを思い描いてみようと思ったけれど、貧しい想像力ではおぼろげにも情景を描けなかった。チルが思い浮かべられるのは、あの男をはじめて見た時のことだけ。

「わたし、最初にあいつを見た時、飛び降りかと思ったの。死んだと思った。いきなり、高いところから、真っ逆さまに落ちてきたから」

実際は、それによって救われたわけだけれど。あんな仰天するような救い方じゃなくたってよかったんじゃないかと、チルは今でも思っている。

マニージェは笑う。

「チルを見つけて、あまりに心が急いてしまったのかもしれないな。王を求めてさまよう者の伝承は他国でも多いと聞く。遠く魔物の森では、代替わりを迎える王はその従僕が探し出すという。聖獣は王を求めて、世界の境界さえも渡るとは聞いていたが、きっと遠い旅をしたんだろう」

「そんな遠い旅で見つけたのが、こんなにもハズレの子供で、かわいそう」

思わずチルの口から、ずっと考えていたことがついて出た。

はっと、自分の口元を押さえるチルに、マニージェはつとめてやわらかい口調で、ゆっくりと言った。

「私はお前が王ならいいと思ったよ」

その言葉に、チルが驚いてマニージェを見上げる。

「うまく言えないが、記憶が戻った時、お前は大きく泣いただろう。それは生命力だと思った。涙は、生きたいと願う力だ。そういう力のある人間に——国を任せ、仕えたいと心から思った」

「泣き虫なんて、情けなくて弱いだけなのに？」

「王が強くなければならないという決まりなどない」

その分私達が強くあるし、守ってみせるとマニージェは言った。それを誇りとして生きる人間の言葉だと思った。チルは少し背筋を伸ばして言う。

「じゃあ、王様に、最低限、必要なものはなに？」

その問いに、一瞬、マニージェは考えたようだった。

「この国では……」

そして、手綱を引き、体重を移動させ道を曲がりながら、迷いのない口調で答えた。

「生きていてくれることだ。重圧もあり、自由を失いもするだろう。幸福よりも、苦しみが続くことがあるとして。それでもせめて、嫌なことは嫌だと言い、欲しいものは欲しいと言って」

強い、強い口調だった。

「生きることを望みながら、生きていて欲しいと思う」

人よりも長い生を持つことが、その者にとって不幸にはならないように、せめて。

マニージェの、祈りのような言葉に、チルはまた背を丸くする。

「じゃあ、そんなの一番、わたしに向いてないよ」

今はもう、覚えている。思い出してしまっている。最初にクリキュラに会った時、自分が彼になにを、望んだか。

「……向こうでね。クリキュラに会った時に、死にたいって、言ったの」

発作的な、刹那の感情だった。そう思ったからといって、死ねるわけもないのだった。でも、死ねないからこそ、苦しくて。自業自得で、間違いだらけだったとしても。その苦しみだけは、決して嘘ではなかったと思っている。

「もう死んでしまいたい。生まれ変わりたいって」

自分じゃない、自分になりたいって、言ったのよ。

だからクリキュラは、チルを抱きしめ、ここまで連れてきたのだろうという確信があった。あの時、どこにも行きたくないといったら、自分はここにはいなかったかもしれない。それとも、因果は逆で、あれほど捨て鉢になっていたから、気まぐれに、運命の神様はチルを王様になんか選んだのだろうか。

「今は？」

うなだれ静かになったチルに、マニージェが聞く。

「今も、死んでしまいたいか？　また違う誰かになりたい？」

そう問われて、チルは細く目を開き、どうだろう、と黙したまま考えた。自分のことで、好きなことなんてひとつもないし。無力で、弱くて、すぐに、嫌になってしまう。泣き虫なのはどこまでいっても、かわらないし。

王様なんか、絶対にふさわしくない。

でも、じゃあ、どんな人間になりたいかといわれても、わからない。どんな人間だったら、王様になれただろう。

なれたとして、なりたいのか。本当に？

黙り込むチルに、マニージェは言った。

「もしも、クリキュラを取り戻して、本当に元いた国に帰るというのなら、その時に、なりたいものを言ったらどうだ。クリキュラなら、その願いを叶える力があるかもしれない」

お前をここに落としたように。向こうの世界に戻って。やり直しをさせてくれるかもしれないと。なりたいものに、もう一度。

「それくらいの……いい目がないと、お前のこの冒険に、意味がないだろう」

冒険と、マニージェは言った。そんな一言で言い表せるような、簡単な時間ではないと思ったけれど。

「……」

チルは、強く目をつむる。

もしかしたら、これはマニージェの策略なのかもしれないと頭のどこかで考える。ビージャンを翻弄したように。マニージェは次は、こう言うんじゃないか？

なりたいものなんて、ひとつもないのなら。

この国の、王になってみるのはどうだ？

しかしマニージェは最後まで、その言葉を口にはしなかった。隠れ里が近づいてくる。早駆けの馬が、速度を上げた。

風がつよく吹き、それ以上は、言葉を交わすことが出来なかった。


隠れ里が近く小高い丘で、マニージェは一度馬を止めた。

「……」

目を細くし、遠方を確かめると、細い煙が上がっているのを見ているようだった。それから、荷袋から小さい笛を取り出し、それを唇に挟んで吹きながら、丘を駆け下りる。

風を読みながら一方に向かうと、チルの耳にも、他の動物の蹄《ひづめ》の音がした。

「マニージェ！」

馬に乗り、現れたのはハフトだった。ずいぶん久しぶりのように、チルには感じられた。

「先生！　どうした」

マニージェが尋ねると「合流が出来てよかった。捕虜交換の日取りに変更があったんだ」とハフトが言った。

答えるマニージェが声をかたくしたのが、チルにはわかった。

「延期は言い渡したはずだろう。バアラがのまなかったのか」

お前にも伝令をとばしたはずだな？　とマニージェが人の上に立つ声色で言うと、ハフトは頷いた。

「いただきました。しかし……」

ハフトが顔を曇らせて、ふところから取り出した伝令布を見せた。

「向こうに捕虜となっている職人の中で、高熱を出しているものが何人もいるそうなのです。水があわないのか、もっと別の病気なのか……、治療をしなければならないかもしれません……。僕もこれから向かうつもりです」

「わかった」

「わたしも行く」

背後からチルが言った。マニージェは、頷くだけでそれに対して意見をすることはなかった。

同行したとしても、なにも出来ないかもしれないけれど、励ますことは出来るかもし

れない。チルでは力不足だろうが、このマントだけでも、目にする人がどれだけ喜ぶかがわかるから。

　もちろん危険もあるだろうから、マニージェのそばを離れずにいるしかないだろう。もとより、チルがひとりでは、荒れ野のひとつも越えることが出来ないのだから、ついていくしかない。

　併走をしながら、マニージェが尋ねる。

「おばばは無事に着いたか？」

「はい」とハフトが、答える。厳しい顔をしているのは、馬に乗りなれていないからのようだった。

「久しぶりにお会いしましたが、お元気ですよ」

「そうか……」

　マニージェが答えて、「急ごう」と馬の脇腹を蹴った。ハフトが必死にそこについていくが、どんどん引き離されていった。

　捕虜の交換所となっていたのは、石畳で出来た、古い劇場跡だった。

　円形の劇場の東西の位置に互いの国が分かれ、中央で捕虜同士の交換が行われる。

　バアラに捕らえられた、リスターンの織師。こちらが擁しているのは、修繕の工房を襲ったバアラの捕虜。そういう段取りであったはずだ。

大きな劇場跡だった。挟んで向こうには、黒い装いのバアラの一団が見える。リスターン側には、先に修繕の工房を出ていった見知った隊員がいた。

「隊長！」

部下である隊員がマニージェにいちはやく声をあげた。

マニージェは馬にまたがったままで、部下に言う。

「交渉には間に合ったか」

「時間が押しています。対角線上にバアラの兵です。織師達を並べて盾にしています」

向こうの縁を見やると、一列に並べられ、うなだれた職人の女達は、突然逃げ出さないようにだろう。頭を布袋で覆われていた。あれでは、本当にリスターンの織師かどうかもわからない。兵でもない人間に行われるその心ない仕打ちに、マニージェは隣にいて音が聞こえるほど強く奥歯を噛みしめた。

「いいか、矢を構えるな！　剣もだ！」

マニージェが一喝する。そして、その一団の奥にいる者達を見回して、すうと目を冷たく細めた。

「なぜだ」

切るように冷たい声。

「おばば達は、なぜここにいる」

チルも驚きに目を見開いた。

そこにいたのは確かに、隠れ里に帰っているはずの導師達だった。不安そうに身を寄せ合っている。

「職人達もあわせてこちらに来るように、マニージェ様が伝令を出したのでありませんか？」

さっとマニージェが、顔色を変えた。

包帯を巻いた導師を見ながら、チルも思い出す。おばば達の様子を尋ねた折に、『お元気ですよ』と答えた男が、いたのではなかったか。

マニージェが振り返り、怒号。

「ハフト、どこにいる！」

今ほど同じ道をたどってきたはずの、男を。チルもあたりを見渡そうとした、その時だった。

突風。砂埃。チルの髪をさらい、マントを浮かし。

(――王よ)

ノイズが、チルの耳に届いた。

(我が、王)

ばっと、自分の両耳を押さえる。

（チル王よ）

「クリキュラ⁉」

チルは驚きに思わず名前を呼ぶ。あたりの隊員が一斉にチルを見た。マニージェも。

しかしチルは耳を押さえて中空を見据えた。

こんな風に。チルの意識がはっきりとしている間にクリキュラの声が聞こえたのははじめてのことだった。聞こえはしたが、その声は、砂嵐に巻き込まれたように乱れている。

クリキュラ自身の息が荒いのが、そこに「いない」のにチルにはわかった。

（逃げてください、そこから）

首の後ろが、ちりちりと焼けた。これは、恐れと不安だ。チルのものだ。そして同時に、チルだけのものではない。

（数じゅ――ひきは――らない――）

「待って、聞こえない！」

チルは叫ぶ。

「どこにいるの、クリキュラ！」

（遺――宮――）

「ええ⁉」

　その時、大きな地響きが鳴り響いた。

（逃げなさい！）

　脳に直接響いた絶叫は布を裂くようだった。

　キン！　とチルの頭が痺れ、めまいがした。「チル！」マニージェが落馬しそうになったチルの身体を片腕だけで引き上げる。

「マニージェ、聞いて」

　顔を歪めながら、必死にチルは言葉を紡いだ。

「クリキュラが、逃げろって……！」

　その、次の瞬間だった。

　地響きが鳴った。足下が波打ち、かつて劇場として積み上げられた石が、浮かぶ。その石には、文字が浮かんでいる。

「数術!?」

「導師達を守れ！」

　誰かが叫んだ。マニージェが乗っていた馬が大きくいななき、マニージェがチルを抱いて馬から飛び降りた。

「嵌《は》められたな」

　チルを抱きかかえたまま、冷え切った声で小さく言ったのは、マニージェだった。その言葉には諦めもなく、怒りもなかった。さえざえとした、覚悟と殺意だけがあった。

盛り上がった石が巨大な獣の爪のようになり、兵達に振り下ろされる。そして身を起こすように立ち上がったのは、石の四肢を持つ巨大な獣だった。同時に、混乱の中でバアラの兵達が次々に刀身を翻し襲ってきた。

「チル」

降りかかる敵兵を一撃で複数しとめながら、肩を抱き寄せマニージェが聞く。

「聖獣の力が使えるか」

黄金の力を使い、あの、数術が止められるかとマニージェは聞いた。

「わか、わからない、わからないけど……」

抱きすくめている、肩のマントが、ひやりと冷たかった。それがなにを示すのかはわからないが、ずっと感じていたはずの脈が、気配が、なにもなかった。なによりクリキュラの、あんな苦しい声は、聞いたことがなかった。

「どうしよう」

混乱の中で、顔を真っ青にしながら、チルが言った。

「聞こえない。クリキュラの気配がないの。どうしたら」

マニージェは声をあげ、砂埃で嵐のようになった劇場跡で、隊員に声を飛ばす。

「討ち払え！」

　聖獣は我らとともにある。我らには王がついていると、言葉だけでも、奮い立たすようにして。

　そして、その一瞬の隙間の中に、チルに向き直り、ひとこと、答えた。

「生きろ」

　どうしたらいいのか、その答えを。

「お前は生きろ」

　お前だけでも。

　次の瞬間だった。何かが投げ込まれ、爆撃が、マニージェとチルの足下を吹き飛ばした。

　チルが岩場に倒れ込んだ。下敷きになった自分の片腕、その肘から先に激痛が走った。目の前が白くなるような、強い痛みだった。悲鳴は声にならなかった。

　それと同時に、自分の身が裂かれるような苦しみを感じた。寒気。痛み。なにが起こったのかわからなかった。むき出しの、セーラー服の肩が、強く石畳にぶつかった時に、自分の身に起こっていることを理解して目の前が真っ暗になった。

「いた、いたい、うそ……」

　起き上がる、自分の肩をなでる。そこにないという、絶望。空虚を、確かめることは恐ろしいことだとわかってはいたけれど。

「やれやれ」

その声は、唐突に耳に飛び込んだ。

盛り上がった石山の上に、男が立っている。そのシルエットを、チルは知っている。

「ハフト……せんせい……？」

逆光の中で、ハフトが片眼鏡の汚れを指先で拭った。

「ははぁ、大変でしたよ。あなたがたに見つからないように、遺跡の石のすべてに術式を織り込むのは」

その顔には、いつものような優しい笑みがない。

感情の見えない細い目で、倒れたチルを見下ろしている。

そしてその、腕に抱えられているのは。さっきまでチルの肩にあったはずの。

黄金のマント。

「その手を放せ！」

マニージェの絶叫が響き渡る。目を血走らせて。口の端に血の泡を吹きながら。

「それは貴様の触れていいものではないぞ、ハフト！」

その言葉に、ふっとハフトは笑った。

これ見よがしに持ち上げるマントは、銀の針金のようなものでぐるぐるに縛り上げられていた。

「どういった根拠で？　神の威光ですか、それとも伝説ですか。今このマントは、聖獣と同じ数術によって縛り上げてあります。聖獣も今はこの形ということです。──クリキュラはもう……あなたに庇護をもたらすことはありません」

ハフトはあたりを見回す。多くの者達が倒れ、血を流し、立ちうる者は未だ戦い続ける姿を見て。

「クリキュラの首から、もう一枚のマントをつくり出す予定でしたが、これが手に入るのならば、贋作師も不要でしょう」

「ハフトオ!!」

岩が割れそうなほど強い叫び。マニージェがためらわず斬りかかる剣の切っ先は、血で濡れていた。

しかしハフトはなにごとかを口中で呟き、指先を一閃《いっせん》させると、なんらかの強い衝撃を受けたかのように、マニージェが石山から崩れるようにして倒れた。

チルが叫ぶ。

「マニージェ！！！」

倒れた場所に、転がるように駆け寄ると──マニージェは青白い顔で、痙攣《けいれん》をし、朦朧としていた。その腕に剣は握ったままだったが、抱き起こそうとすると、熱い液体が流れ出た。

──血だ。

それは、鎧の下、彼女の下腹部からにじんでいるように、チルには見えた。

「あ、あ……」

チルが震える。マニージェの身体を抱き寄せる。無我夢中で、手を、血まみれの下腹部にあてた。熱を注ぐ。糸をふくらませる。そのイメージは……結実しなかった。

(どうして)

その思いと同時に、理由はわかっていた。

(マントが、ないから)

わたしの、背に、だから、もう。

チルは、今度こそ、恐怖に身を震わせた。マニージェに出会う前にも、記憶が戻ったすぐあとにも、こんなにも強い恐怖を感じたことはなかった。

なにもない、非力で……無力、それ以下だ、きっと。

「逃がさない……」

「マニージェ！」

動かないでと思うのに、マニージェは自分の頭を強く手掌で殴りつけ、無理矢理に目の焦点を合わせて起き上がった。

「バアラに国を売ったか！」

「いいえ」

即答だった。冷たく、ハフトはマニージェを見下ろし、言った。

「もともとは、ここはわたくしの血族が継ぐはずだった国です。彼らとは、利害が一致しただけ……数術もまた、わたくしが心を殺して学びとっただけのこと」

ただ諾々と伝承に従う、お前達とは違う。そんな風に、ハフトは吐き捨てた。

ぎり、と腫らした顔を歪めて、マニージェは立ち上がろうともがく。

「マニージェ、動かないで！」

チルが叫ぶが、そんな耳元の声も聞こえていないようだった。

獣のような叫びが響く。

「先王もお前が手に掛けたのか！　さすれば、新しいクリキュラが自分を選ぶとでも思ったか……！」

その問いかけにはしかし、ハフトは答えなかった。

その代わり、小さく鼻を鳴らして、哀れみのような言葉を落とした。

「まったく、あなたもね……そんなにも、お腹の子供と死にたいのですか」

ハフトはマントを抱え、重ねて何かの術式を発動させたようだった。マニージェの身体がうちあげられた魚のように大きくはね、口から血が噴き出した。

「マニージェ！」

チルが絶叫をする。傾いだ身体を抱きしめる。

「殺しなさい」

ハフトが命じる。命なき、石の蹄に。

「今ならば息の根を止められるでしょう。この異界の子供だけは、絶対に生きて逃がすな」

しかし、チルはもうそちらを見ていなかった。血にまみれたマニージェの頭を抱き、頬を叩き、涙を落としながらもその名前を呼んだ。

「マニージェ、マニージェ！」

「…………チル」

まぶたは細く開くが、そこに眼球は見えない。けれどきっと強い意志で、かすかに、土色をした唇が震えた。

「マニージェ！　しっかりして！」

チルは叫ぶことしか出来ない。マニージェはまだ身体を震わせながら、チルの頭を守るように、剣を持ったままの手で抱き寄せ、その耳に囁いた。

「……私達に、新しい王が立つという、夢を見せてくれて、ありがとう」

血を吐くような、それは。

まるで、別れの言葉のようではなかったか。

もう吐息ぐらいしか出ない声帯で、最後に絞り出すように言ったのは、あまりに優しい言葉だった。

「かわいいお前を、最後まで、ただ守ってやれなくて、本当にすまない」

「マニージェ！」

チルの涙と、マニージェの血が混じる。命もこんな風に、混じってしまえたらいいのにとチルは思う。自分なんかより、このひとが生きるべきだ。自分の命を渡してくれと、チルは、信じたこともない神に祈った。

王様なんかにならなくていいから。自分の命もいらないから。

しかし、彼女が最後に望んだのは……チルが確かに、生きることだ。

生きろ。

お前は生きろと。

その二人の頭上に、岩の蹄が振り下ろされる。せめても彼女の身体を守るために、チルが薄い身で覆い被さった、その時だった。

轟音《ごうおん》。衝撃。降り注いだのは、落星のように砕かれたかけら達。

恐る恐るチルが目を開くと、目前には、大きな背中があり。空中で割れた石が、あたりに崩れ落ちるところだった。

大柄なその男は、チルにもマニージェにも背を向けて、振り返ることがなかったが、その腕の大剣がこうこうと光った。

「ずいぶん派手な戦場じゃねぇか」

大剣をかついだビージャンが、不敵に笑うのが、その大きな背中だけでも、チルにはわかった。

第六章　終わりにしてはじまりの森

なだれるようにやってきた男達は、数日前、塒においてマニージェとチルを睨みつけた護衛隊の男達だった。

「どの国のやつらでも気にするな、男は全員捕らえて縛り上げろ！」

乱暴な口調でビージャンが命じる。しかしそれは一方で、女達は丁重に守れという意味でもあった。石でできた蹄をその術式ごと叩き割ったビージャンは口内に入った砂埃を吐き捨てた。

「数術でうごかす石獣《ゴーレム》か。ずいぶん無粋なものを持ち出してくる」

そして大剣をかついだまま、マニージェとチルを見下ろす。チルは言葉もなく、呆然とその大きな身体を見上げるばかりだった。

「クリキュラのマントを盗《と》られたのか」

まだ殺意の消えない視線で、座り込むチルの頭に空いた手を伸ばしてきた。びくりとチルがおびえるのに、その頂天の髪をくしゃりと乱暴になでて。

「大人達が、ひどいことばかりしたな」

ひきつった笑いのような、左右非対称の複雑な顔で小さくそうぼやいた。そしてすぐに、チルの腕の中のマニージェに視線をおろし、その頰を手の甲で叩いた。

「ったく、てめぇがいながらなんだこのザマは！　寝てんじゃねえぞ。その程度の傷くらいでどうにかなるタマか！」

はっとチルが焦りを取り戻し、ビージャンに叫んだ。

「ビージャン！　マニージェを助けて！」

マニージェは目を閉じていた。身体はあたたかかったが、まだ息があるのかどうかはチルには判別できなかった。

叫ぶと恐怖が、津波のように襲ってきた。ぼろぼろと自分の意志では止められない涙が落ちる。抱きしめる腕に力がこもる。

「足下が真っ赤になってる、ダメかもしれない！」

はぁ？　とビージャンは怪訝《けげん》に顔を歪めた。マニージェの豪胆さを、知っているが故のその返答だとチルにもわかったが。

「この血気盛んな牛女が、このぐらいの出血で死ぬはずがねぇだろう」

吐き捨てるように言うビージャンに、

「違う！」

チルは耐えられずに叫んだ。

「お腹に、赤ちゃんがいるんだよ！」

まだ背後では、戦闘が続いていた。しかし、その瞬間確かに、ビージャンの表情から、一切の感情が消えた。無言で、無音だった。

石のように表情を固めて、膝をつく。そして、地の底のように低い声でうなるように言った。

「……誰の子だ」

そして血まみれになったマニージェの身体に触れようとしたのを、マニージェが払い退けた。

「私の子だ。触るな」

「マニージェ！」

チルが名を呼ぶ。「ふざけるなよ！」とビージャンが怒鳴りつけた。マニージェはまだ朦朧とした様子で、しかし、自分の剣を石畳に突き刺した。

立ち上がろうと、杖《つえ》をつくように。自分とビージャンの間に、不可侵の境界を置くかのようだった。

そして鬼気迫る声で、血を吐きながら言うのだ。

「ふざけてはいない。これは、私の子だ。先に言っておく。——貴様には、やらん」

かっと、ビージャンの頭に血がのぼるのが、はたから見ていてもわかった。怒りで顔を歪め、鬼のようになった。

「て、めぇ……」

その時、幾人もの兵が同時にマニージェ達に襲いかかった。殺意の先は、チルであったのかもしれない。必ず殺せと、ハフトによって命じられていたはずだ。

しかし、動きはビージャンの方がはやかった。

「うるせえ、取り込み中だ！」

怒りのすべてを自分の大剣にのせるようにして、ビージャンが兵達をなぎ倒す。チルはマニージェのせめてもの支えになろうと抱きしめた。

チル、とマニージェがかすれた声で言った。

「チル、見ておけ」

もうほとんど開かない目で、それでも自らの剣にすがるようにしながら、立ち上がり。

「あの男が、」

まぶしいものでも見るかのように。

「どれほど強いか」

その視線の先で、ビージャンは剣を振るう。それは見事な舞のようだった。爆音と血しぶき、それでもなお、壮絶な笑みを顔に浮かべて。

「マニージェ、くたばるなよ！」

叫びは、あたりに轟《とどろ》くようだった。

「俺はもう我慢がならん、今度こそ、そのツラ殴らせてもらうぞ！　決闘でもなんでも受けてやる！」

首を洗って待っていろという、その言葉は。

死ぬなという、祈りのようだった。

「マニージェさま！」

捕虜になっていた織師達が集まり、マニージェを取り囲んだ。危機は、今まさに最悪の状況は脱したのだ、と思った。

きっと多くの人が傷つき、自分は大切なものを失った。チルはマニージェを彼女達に受け渡すと、地に膝をつき、顔を覆って泣いた。いつの間にか手首の腫れきった片腕は上がらなかったから、もう片方の腕だけで。

この季節、この地方には珍しい、雨が、降り始めていた。

護衛隊がたどりついた時にはもう、バアラの兵は撤退戦に入っていたのだという。だとすればやはり、彼らの目的はチルをこの土地の劇場跡まで追い込み、聖獣王のマントを奪い盗ることだったのだろう。

「捕虜の扱いは俺に任せてもらおう」

捕らえることが出来たバアラの兵を縛り上げ、旧宮廷軍の隊員を前に、ビージャンはそう宣言した。異論を唱えられるものはいなかった。いかなる経緯、いかなる目的、いかなる交渉があったとして、彼らの窮地を護衛隊が救ったことは間違いがなく、また……彼らの長たるマニージェは、知識のある織師達が懸命に救命にあたっていた。医術の心得があったという男は、今はもう、一団にいない。

誰も、そのことには触れなかった。

「それから」

うなだれしずまりかえった隊員に、ビージャンは非情に告げた。

「こいつは俺がひとまず預かる」

そう言い、立ち尽くしていたチルの腕を乱暴につかんだ。いきなりのことで、チルは驚きに足をもつれさせ、倒れそうになるが、ビージャンの強い腕は、その手の平の力だけで、チルの体重を支えた。

かわりに強く腕に走った痛みに、思わずチルは顔を歪める。ビージャンのつかんだ方とは逆の腕だった。思わずそこをかばった。痛めた腕が、焼かれるように、痛い。

「それは……！」

先頭に立つ隊員がそれをとがめるように声をあげたが、ビージャンは一喝した。

「頭をかいたてめぇらが、こいつを守りきれるとは思えん」

「でも」

チルは思わず、真っ赤な目でビージャンを見上げ、苦しみを隠せずに言った。

「わたしは、もう、マントは」

マントのない自分には、守られるような価値もないのだとチルは思っていた。

だって、もう。

わたしは王様になるかもしれない、人間じゃない。

結局、あの黄金のマントを纏う、「わたし」だけに価値があった。それはよくわかっていたから。

ハッ、とビージャンは吐き捨てるように笑った。暗い目で見下ろすと、冷たく言い放つ。

「俺が敵軍なら、てめぇの首は絶対に落とすぞ」

そこにはずっと、ほの暗い怒りがあった。冷たく、痛い、無に近い視線だ。でもそれは、自分に対するそれではない、とチルは理解した。

「あいつらは、それでも聖獣の威光に頼ろうとしているからな」

いいか、とビージャンは、それでもわずかに目を細め、その黒い瞳をかすかに揺らして、感情をおさえた声で言った。

「クリキュラは、てめぇが死なない限り、他の誰かを選ぶことはねぇよ」

マントがなくても、資格がなくても。証明するものがひとつもなくなったとしても、聖獣だけはそうは思わない。あのクリキュラが、本当にチルを選んだのなら。

そしてその耳にだけ聞こえるように言った。

「――今は、あの馬鹿女の、治療に専念させてやれ」

その言葉にはっと、チルは兵達を振り返った。誰もが傷つき、消耗していた。旧宮廷軍の方が、ずっとその疲労は濃かった。

自分がいることで、彼らの負担を軽くすることは出来ない。けれど自分がいないことでなら……彼らはもしかしたら、自分たちの傷を癒やすために、時間を割けるのかもしれない。それは微々たるものだとしても。

そしてチルは少しだけ思うのだ。今、自分の腕をつかむこの男の力は強く、痛い。しかし、それは、チルがバランスを崩して倒れないためであるのかもしれない。

マニージェだって、出会った時ひどく恐ろしかった。この男もそうだ。

しかし、多分、自分以外の、多くの、人の上に、立つと、いうことは……。

それ以上は、ビージャンは誰の言うことも、チルの言うことも聞かなかった。

「マニージェの意識が戻ったら連絡をよこせ。……おい、鳥を貸してやれ」

どの道を通って里に戻ればいいかまでこまかく指示し、旧宮廷軍と護衛隊は別れた。

ビージャンは自分の使う道を知られたくないようだった。彼ら護衛隊は独自の地図を持っていると言ってたのはマニージェだった。だからこそ、彼らの道先案内は高くつくのだと。

だとすれば、一団を率いてマニージェに追いついたのもわかる。

粉塵《ふんじん》が呼んだかのような雨も、いつの間にか晴れていた。ビージャンの後ろを歩きながら、チルはぽつりと、ビージャンに聞いた。

「目覚める時に、いてあげなくて、いいの」

誰のそばに、とは言わなかった。けれど。

ビージャンはチルに顔を向けることもせずに。

「あの女に、それを喜ぶしとやかさはねぇよ」

と正確に答えた。

まあ、てめぇがいなけりゃ、また暴れるかもしれねぇけどなぁ、と言うビージャンは、いっそ半ば自棄《やけ》のように暢気《のんき》で陽気に見えた。

チルとビージャンは、馬ではなく騾馬が引く車に乗せられた。外から見えないようになっている荷車だった。

「腕を貸せ」

乗ると同時に、チルの腕がとられた。チルが痛みに顔を歪めたが、手早くビージャンは腫れを見ると、「折れてはねぇか」と薬と包帯を手早く巻いた。

チルはずっと、血みどろになったマニージェについて考えていた。考えても仕方がないとわかっているのに、そばにいないと、最悪の想像ばかりをしてしまう。

ガタガタと荷車は足下の悪い中揺れた。

　ビージャンの長い両手両足とチルのそれが、ぶつかりあうほどに、荷車の中は狭かった。ビージャンが口を開いた。

「おい嬢ちゃん」

　その呼び方、その響きは、これまでにないものだった。チルが驚き顔を上げると、立て膝に頭を預け、半ばまどろむように半目を閉じながらビージャンは言った。

「……災難だったな。怖い思いをしただろう」

　ぶわりとチルの、肌が粟立《あわだ》った。強く感情が動いたせいだった。自分に毛皮があったら逆立っていたかもしれない。

　シンプルな、当然の、いたわりを、突然受けて。

　感情が決壊しそうになった。

　ぱっと、顔を覆ってしまったことを、ビージャンはとがめなかった。なにも見なかったかのように、ふわっと、大きなあくびをして。きっと、彼の出来うる限り穏やかな声で言った。

「いいか。てめぇは元にいた世界に帰るんだ。俺達だって、てめぇがいなくたって、この国をなんとかしてみせる。それさえ出来ねぇなら……滅びるのが運命だったというだけだ」

　それが、正しい選択であるというように、迷いのない言葉でビージャンは言った。チ

ルはゆるゆると顔を上げると、

「どうして」

とかすれた声で呟いた。

黒い瞳の動きだけで、ビージャンは続きを促した。

「……どうして、ビージャン、マントが王様を選ぶことをいいことだと思ってないのに、あいつらみたいに、わたしを殺してしまえばいいとは言わなかったの?」

わたしを殺しても、次の「わたし」のような人間が生まれるだけだから?

それくらいしか、理由は思いつかなかった。けれど、チルの問いに、ビージャンは心底呆れたように。

「あのな」

深く息を吐き、それから一息吸い込んで言った。

「俺だってていめぇがいきなりやってきて、ガキのくせに訳知り顔で、なんにも知らねーのにこの国の王様になるんだって言ってきたら腹だってたったろうよ。殴りつけるくらいはしてたかもしれん。けど、突然てめぇが王様だって言われて、そんなのは嫌だってガキが言うのは、その通りだろうが」

その言葉は、チルの身に、指先まで染みた。深い、深い理解があった。理解をしようという、いたわりがあった。それを、はっきりと感じた。冷たい痛みと恐怖で満たされていた、身体に熱が巡るように。

重ねて、言い含めるようにビージャンが言う。

「よく知りもしない国の、王様になんか、なりたかねぇだろ。嫌がる子供に、てめぇにはその資格があるからやれって言うのは、言うやつの頭の方がおかしいって言ってんだよ」

それが、当然の不快であるかのように、ビージャンが言った。顔を歪めて。

「大人に勝手に選ばれたガキが、かわいそうだろうが」

チルのことが、かわいそうだと。

そうした、哀れみや、干渉を、気色が悪いとはねつけてきた。ひとりで生きられるわけでもないのに、ずっと。

チルは顔を覆った。また、涙がこぼれるかと思った。けれど、そういう風には、流れていかなかった。自分の身からあふれる、涙ではない別のものを、なんとか形にしようとした。

「……でも、知ってしまった」

この国には、どんな風が吹き、土からはどんなにおいが立ち上り、水はどんな流れ方をしてひかるのか。そして、ひとは、どんな誇りを持つか知ってしまったから。

こんなこと、言うべきではないと思っている。わかっていた。でも、それをよしとしない、ビージャンにだから言えたのだろう。

「わたし、思ってしまうかもしれない。今更……なにも、出来ないのに……」

この国で。この、国を――。

「やめろ」

ビージャンは、続く言葉を口にすることさえ、許さなかった。口に出せばなにかが変わってしまうと、心が、生き方が変わってしまうと、わかっていたのかもしれない。

マニージェなら言わせたかもしれないと、今はここにいない人を思って、チルは重ねて胸を痛めた。そんなチルに。

「てめぇにも、生まれた国があるんだろう。家族がいるんだろう。仲間だっていただろう。そこに戻って、帰って、いいやいっそまったく新しい誰かとだっていい。全部忘れて暮らせ」

決して優しい言葉ではなかったが、強く、チルを奮い立たせるようにビージャンは言うのだ。

「やりたくもねぇ王様に、選ばれたことなんて、忘れたらいい。選んだやつらの見る目がなかったってだけだ。ここは、てめぇが感激するほど、いい世界でもねぇよ」

その言葉にチルは、短く、あえぐような呼吸をした。無意識のうちに自分の肩をなでた。その不在を、痛いくらいに感じた。

ビージャンはチルから視線をそらし、舌打ちをして言った。

「しっかし、お前をあの女のところに戻すのがいい手だとは思えねぇがなぁ……」

あいつは、それじゃあ納得しねぇだろうな……。

その口ぶりは、マニージェへの信頼も感じさせた。彼は信じているのだ。マニージェは再び立つと。

「ビージャンは」

思わず口をついて出た問いは、あんまりといえばあんまりな質問だった。

「マニージェのこと、好きだった？」

「冗談じゃない」

とビージャンは即答した。軽い調子で。もしかしたら、チルの気持ちを晴らせるために、わざとふざけて言っているのかもしれない。

「俺は人間の女が好きだ」

浮かんでいるのは、呆れたような笑みだった。自嘲かもしれない。

「あんな闘牛のような女じゃなくて、もっと腰の細い、抱き心地のいい……」

そこで、ビージャンは空中の何かをなでるように、指先をさまよわせてみせた。チルは女だけれど、女の身体のことはよくわからない。

「ただ」

　そこで言葉を切って、ぐっとビージャンが拳を握った。

「あんな化け物のような女を相手にしたあとじゃあ、普通の女では、さぞかし退屈だろうよ」

　その時、一瞬ビージャンの顔に浮かんだ笑みは、どこか、痛みに似ていて。もしかしたら、今彼女に向けている感情は、信頼と突き放しだけではないのかもしれないと、チルは思った。心配もあり、苦しみもある。けれどそれは、表に出すことではないと。

「着いたみてぇだな」

　荷車の中から外を見て、ビージャンは素早い動きで荷車から降りた。

「降りろ」

　言いながらも、ビージャンは腕を伸ばしてチルを降ろしてくれた。

（ここは……）

　まったく知らない場所に連れてこられるのだろうとばかり思っていたが、意外なことに、そこはチルの知っている場所だった。

　最初に彼女が、転がり出てきた、なにかから、あるいはすべてから逃げてきた、不死鳥の森と呼ばれる古い森だった。

　目を覚まし必死に駆《か》けた記憶はおぼろげだが、その時よりも、灰色が濃いような気がした。空気が薄く、かわりに霧がよどんでいるような。

「ここは特殊な土地だ。特に他国の人間には呪いが降りかかると恐れられている。バアラもドンファンも、そう手は出せない」

そう説明すると、ビージャンは部下と捕虜達とは別に、チルだけを連れて森の中に分け入った。チルは改めて、その森を眺めた。

かつては、自分の名前さえおぼつかないまま走っていた。今は、いろんなことがわかり……だからこそ、不安や恐怖は深かった。

森は静かにうごめいていた。苦しむような息づかいだ。マントをもう持たないチルにもわかった。

「ここは来たことがあるんだったか」

ビージャンの問いに、自分もここから記憶がはじまっている、と告げると、「だろうな」と頷いた。

「ここは特別な場所だ。あいつがいなくてもここから元いた世界に帰れたらよかったんだろうがな。そう都合よくはいかねぇんだろうな」

そうぼやきながら森を行くと、荒れた道を進んだところで、うろの深い大樹の影が見えた。

「あれだ」

荘厳さを感じるような、巨大な木だ。葉は青くはなかった。灰色で、大ぶりの枝には、白い糸のようなものが垂れ下がっていた。蜘蛛《くも》の糸を幾本もねじりあげたような、不思議な細い垂れ下がりだ。その幹は大きくありながら、存在を感じさせない、静かな木だった。ただチルがものを知らないだけかもしれないが、見たこともない枝振りだった。

「ねぇな……」

ビージャンはその木の周囲をぐるりと一巡りすると、期待はずれだとでもいうように、その木の根元に座り込んだ。そこに近づく形で、おそるおそる、チルも幹のそばに寄った。

「なにか、特別に感じることがあるか？」

頬杖をつきながらチルを見上げて、どうでもよさそうにビージャンが聞く。

「特別……？」

言いながら、チルは凹凸の大きな幹に触れた。その時だった。

「！」

しゅるしゅると、その白い糸のようなものがチルの腕におりてきた。それは枝に長く垂れ下がっていたものと同じもののようだった。

その糸が、チルの包帯の巻かれた腕に巻きつくと、それ自体が意思を持っているように、包帯の上からぐるぐるぐると巻き上げるようになった。

「え、ええ、え……？」

締め付けはない。強い力ではなかった。感じたのは熱だった。痛んで、焼けるようなあつさではなく、ぽっとあたたかなものがあてられるような、なにか。

そしてその白い糸は、溶けるようにほどけて消えていく。最後はまるで雲を紙縒ったように、大地に落ちる前に蒸発してしまった。

そして、チルは解放された腕を眺め、いぶかしみながらもビージャンが巻いてくれた包帯をはずした。赤黒くグロテスクに腫れ上がっていたその手首は、すっかり腫れが引いてしまっていた。

驚き呆然としていると、一連の現象を無言で見ていたビージャンが、諦めるように深い息を吐いた。

「てめぇは、本当に、『そう』なんだな……」

諦めとも、絶望ともとれるため息だった。

彼はここに、なにかを確かめに来たようだ。

「マントはなくとも、王は王、か……」

ビージャンは立ち上がると、同じように巨木に手をあて見上げた。

「ひとまずまだ、あいつは生きてるようだ」

あいつとは、クリキュラのことなのだろう。確かめずとも、チルにはわかった。

ここは、聖獣の生まれる場所だとビージャンが言った。

「前の聖獣が滅ぶと、この木に繭が出来る。その時この国全体の、力を吸い上げるといわれ、この国は一旦、枯れ果てる」

チルは巨木を見上げながら、今は白く眠るような木が、隆盛を極めるところ、そして同時に枯れ果てるところを考えた。

「そして力はクリキュラとして結実し、王を選び玉座に据えることで、この国の聖脈とつながる。王が選ばれることで、もう一度大地に力が戻る……とは言われてるが」

まだ力が戻ったようには見えねぇな、とビージャン。かといって、枯れ果てて次の繭が出来ているわけでもないから、クリキュラの生存の可能性は高いはずだと彼は言った。

「……今の、クリキュラが生まれた時、あなたもいた？」

マニージェとハフトはいたと、聞いたことがあった。「まあな」とビージャンはそれを認めた。

「あいつらと一緒にじゃなかったが……。機会があれば仕留めようかと思った。王だって死ぬんだ。あとは新しく生まれてくるクリキュラを殺せば、うっとうしい王制になんざ、終わりが来るかと思った」

自嘲気味にその謀反を口にしてから、ビージャンは笑った。

「さすがに、矢を射る勇気は出なかった」

聖性なんてものに、響く心はないと思い続けていたのに。

この森で、この巨木で、あの美しい男が繭から抜け出してきた時の、その輝きと……大地の歓喜を前にして。

「自分に勇気がないと思ったのははじめてのことだ。やってみないと、わからないこともあるもんだな」

戦意を失ったと、護衛隊の雄が言った。

「王探しをするクリキュラを異界まで追いかけ、首を落としたのはバアラだろう。ハフトもその首を潰せる気概があるなら立派なものだと思ったが……俺さえ射れなかったものだ。あのうらなりびょうたんには、不可能なわざだろうさ」

この国の人間であるということが。

クリキュラに手を出すことをためらわせる。それは、意思にまさる本能といえるものなのかもしれない。

「……美しいものは、恐ろしいな」

感嘆するように言う。あんなにも強い男が、なんのためらいもなく恐怖を口にするのは、少し意外だった。

その横顔を見上げて、チルは聞いた。

「ビージャンは、どうして今の王制に反対なの？」

一瞬、ビージャンがチルを睨んだ。そしてしばらく黙したあとに、なにかを諦めたように息をついて話し出した。

「前王の横暴に耐えかねていたってところか。いい王様だったと、マニージェあたりは言うんだろうがな。そりゃ、あいつは先祖代々王の覚えめでたき旧宮廷軍だ。王様の言うことは絶対で、なにをしたっていい王様だったんだろうさ。しかし、女にひたすら織物を織らせ、使い潰して力と金に換えていく、あいつの凝り固まった考え方に、俺は辟《へき》易《えき》していた。それ以上に、それだけを絶対とするやつらの主体性のなさにも反吐が出た。だからこそ、東に独自の商路を開こうとした。権威にも、武力にも応戦出来る、有用な力のはずだからだ。金ってやつは」

もちろんそれによって生まれる火種があったとして、俺はそれにも応じてみせる用意があった、と自分の剣を握りながら彼は言った。

「だから、あのうらなりのひょうたんみたいな男が前の王様を殺してなかったら、もしかしたら、殺していたのは俺の方かもしれん」

「ハフト……と、会ったことが、ある？」

どのような聞き方をしていいのか、チルは悩みながら小さく尋ねた。様々な人間と交渉していたビージャンだ。ハフトともなんらかの交渉があったとしてもおかしくはない。

顔を少し歪めるように笑って、ビージャンは自分の頭を指さした。

「いいや。ただ、俺は耳だけはいいからな」

直接言葉を交わしたことはないし、伝え聞く限りだが、俺達の誰より頭がよかったんだろうよと続けた。

チルはうつむき、里でのことを思い出す。子供達に学問を教えていた彼のことを。マニージェのことだって、身体を気遣っていた。

「……あんなひとだとは思えなかった」

あんな風に、仲間だった誰かを切りつけられるだなんて。

「少なくとも、あいつの祖父の代が、今代の王の最有力候補であったことは確からしいな。そうでなければ宮廷づきの教師なんて立場は任されちゃいねえだろう」

その時その代替わりに、どのような確執があったかはわからないが。

「クリキュラがここで羽化した時にも、あいつはきっといたはずだ。その時自分が選ばれていたら、異国の術に手を出すような真似《まね》もしなかっただろうよ」

そう言ったビージャンは、深くため息をついた。

チルはそこまで聞いて、なんだかとても、不思議な気持ちになってしまった。

かつて、ビージャンはマニージェに対して、強く否定をしていたが。

「やっぱり、ビージャンが王様になればよかったんじゃない？」

この男には、その資格も、多分器もあると、チルは感じていた。それを言うなら、マニージェにだってあるだろう。自分の身体を過信し、無鉄砲なところ以外は……いやそこさえ守られるのならば、マニージェは最高の王様かもしれない。

チルの生意気な言いざまに、叱り飛ばされるかと思ったが……チルはもう、ビージャンのことを恐ろしくは思っていなかった。この男は、チルのことを子供だと思っている。本当に、心から。その子供に噛みつかれたところで、怒りを覚えるような狭量な人間ではないと思った。

そして実際、ビージャンは怒りはせず、は、と笑って言った。

「まっぴらごめんだ」

そして、目を細めた。

「俺はそう思ってる。王様なんて、ひとの上に立つ神聖の力、永遠の命なんて、まっぴらごめんだ。だから、同じようにまっぴらごめんだというやつに……王様をさせるのは、フェアじゃない」

そういう意味で、今でも俺は王制を許していないとビージャンは言った。そしてチルの頭に無造作に手を置いて。

「てめぇは、ここを捨てて戻ったあとのことなんざ考えるなよ。そんなのはただの、自己満足のおせっかいだ。王様がいなくとも、俺達は、しぶとくやるさ」

それは何度も繰り返した言葉だった。チルは思う。確かに、この国にはマニージェがいて、ビージャンがいる。血は脈々と続いていく。その国が、滅びるなんてことは、ないだろうと。

「行くぞ」とビージャンがチルを促し、来た道を歩き出した。自分の踏み出す、その足取りに、来た時よりも力が入っているのがチルにはわかった。

「それでもまぁ、そうだよな」

自分に言い聞かせるように、ビージャンが言った。

「クリキュラが生存しているなら、やはり、助け出すより他はねぇんだろうな。手間をかけやがってと腹こそ立つが……」

この大地はまだ滅んではいない。

クリキュラはまだ、生きている。チルにもそうわかった。まだ、肩は寒いけれど。腕はもう、痛くはない。


森を出て護衛隊に戻ったビージャンに、駆け寄ってきた影があった。

「首長！」

ビージャンの戻りを待っていたであろう男が、なにごとか囁いた。「はぇえよ」と悪態をつきながら、それでも浮かぶ表情には、間違いなく安堵があった。ビージャンがチルに向き直り、告げる。

「あの闘牛女が目を覚ましたらしい。絶対安静だっていわれてんのに、てめぇを探しに行くといってきかねぇんだと。ひとまずどいつかに、合流地点まで送らせる」

「……ううん」

けれどチルは首を振った。とっさに、そう動いていた。こんな風に言い返そうなんて、思う日が来るとは思わなかった。

その拒否は、彼も想定していなかったのだろう。思わぬ返答に、ビージャンは軽く眉を上げていた。しっかりと、その顔を見上げて、チルは言っていた。

「ビージャンにも、一緒に来て欲しい」

今のチルには、マントもないし、マニージェもいない。この国ではひとより非力な、なにも出来ない子供だ。それでも、チルは、心に決めた顔でビージャンを見据えて言った。

「ビージャンは、マニージェときちんと話した方がいいと思う。じゃないと、きっと、後悔するから」

このまま、マニージェと話さなかったら。

わからないけれど、後悔をすることになるとチルは言った。

「ビージャンが、マニージェに対しても、他人事じゃなくて自分の事だと思うんだったら、自分で決めなくちゃ」

チルの言葉を、ビージャンは暗い瞳でじっとり睨んでいたが、

「……取っ組み合いになるだけだと思うがな」

諦めたように言うと、頭をかいて、いくつかの指示を出した。ここを離れる者と、ついてくるもの、捕虜の処遇、そういったことを、手早く決めると、チルに言った。

「すぐに出るぞ。行けるな」

チルはこくりと頷き、一団は動き始めた。

まずビージャン達護衛隊は、旧宮廷軍との合流地点を目指した。隠れ里の位置を隠し続けるためだった。

その場所に向かうにあたり、ビージャンは、今は自分の馬に乗っていた。チルは速度をはやめる荷車から身を乗り出さないようにしながら外を見た。

（大地がもっと、痩せ細っている）

草木がしおれ、茶色く枯れ続けていた。それは、あの森の巨木にさえ感じたことであったとチルは思った。もとはそこかしこにあったはずの砂漠が、より広がり続けているような気がした。

チルが来たときよりももっと、この大地は消耗している。それはすなわち、聖獣の力が尽きかけているからではないかと、チルの胸は騒いだ。

（でも、わたしには、なにも出来ない）

じっと手を見つめる。もとより、ずっと、なにも出来なかった手だ。けれど今、重ねて思い出すのは、もっと皺にまみれた手。

（クリキュラ）

あなたの手が、どのようだったか、もう、確かな姿で、思い出せない。

第七章　偽王と新王

男はマントを纏っている。

その冷たい牢獄で、彼の生徒は、ただひとりだけだった。鳥籠のごとき格子の中に、否、ひとりとも言えなかった。ただ、一匹、ただ、一頭、ただひとつの……異形の頭、それだけだった。

鎖につながれていた頃は黄金であった髪は、今は干し草のように枯れている。口に噛ませるように、ぐるぐると針金のような糸で巻かれ、目もまた潰されていた。今は余計なことを囀《さえず》らぬよう、こうして拘束されているが……。しかしそれも、しかるべき時がくればよみがえると男は信じている。

しかるべき——それは、今だ。

「聖獣よ」

針金からほどいた夜のようなマントを纏い、男がその首にすがる。

「目を覚ませ」

美しい姿を、また見せてくれ。ここに。

「王が来たのです」

最初にこの聖獣が生まれる場所に立ち会った時、美しさに魂が歓喜した。この美しい獣が自分の足下に傅《かしず》けば。

自分が父よりも、祖父よりも尊いものであったと、証明されると信じていたのに。

「わたくしこそ、この国の王である」

けれど、聖獣は、目覚めない。

肩にかかるマントも、ただそこにあるだけで、なんの神秘も見せることがない。

あの、夢見るような奇跡。降りそそぐような光。花開くような明るさ。

なにひとつ、美しさは訪れない。

言葉は、かえらない。

「なぜ」

あれほど想《おも》ったはずだ。あれほど願ったはずではないか。誰よりも、この国のことを。

だというのに、この国が、お前が、自分を王と認めないのならば。

「だとすれば……」

格子を握り、男が震える。片眼鏡の奥の目を、赤く血走らせて。

「聖獣など、わたくしの国にはいらない……」

そうでなければ、すべての証明にはならない。

憧憬も、尊敬も、いともたやすく、憎悪に変わるように。

新しい国を建てなければならない。その国には――お前はいらないと、彼は、彼の、最後の徒を……贄にすることを決めた。

新しい国のために。

新しい時代のために。

新しい、王のために。

◆

チルとビージャンは、合流地点に迎えに来た旧宮廷軍とともに、隠れ里に戻った。

里に戻るチルにビージャンが同行すると告げた時には、護衛隊達も旧宮廷軍も同じく難色を示したが、「わたしのお願いよ。マニージェにはそう伝えて」とチルが言えば、彼らに拒絶は出来ないようだった。

「どうせすぐに居場所なんざ知れるんだ。遠からずてめぇらの里は、また移動をよぎなくされる」

ビージャンがそう断言したことも要因だったのかもしれない。

息をひそめて、旧宮廷軍はチルとビージャンを隠れ里に導いた。

「チル！」

「チル様！」

その到着を待って、飛び出してきたのは織師達だった。もとから隠れ里に逃げていた織師、そして修繕の工房から逃げてきた導師達の姿もあった。彼女達はチルの無事を喜び、かわるがわるチルのことを抱きしめた。

「……あの、いいの。やめて」

そんな歓待を受けるとは思わなくて、チルは思わずおびえたように首を振った。血が下がるのがわかった。そのあたたかさも、大きな感情も、今の自分が受けるべきではないと思った。

だって。

「もう、違うの。無理なの。ごめんなさい」

たったひとつ、唯一の証明だったはずの、クリキュラのマントを失ってしまった、自分は、ただの、なにもできない子供で。力も技術も持たない女で、この里の、誰かに優しくされるような資格なんかないと思った。

王様だから、この国をよみがえらせると思ったから、自分の存在は皆を喜ばせたのに
——。

「なにを言うんですか」

手を引かれて出てきた導師が、チルの腕を、そっとなでながら言った。

「あなたさまは、愛されるべき子供です」

盲いた目で、涙をこぼしながら。

「王ではなくとも、祖を同じくする血が流れていなくとも、無事を祈られ、守られるべき、尊い子供なのです」

その言葉に、チルはまた、力なくうずくまり、女達の中心で身体を丸くして泣いた。

そのチルに、女達は、出来うるかぎりのあたたかい、祝福のこもった羽織をかけてやった。それは厚さも肌触りもクリキュラのマントとはほど遠いものであったが、女の美しさを輝かせる、この国の祈り、そのものだった。

その様子を、少し離れたところでビージャンは静かに眺めていたが、他の隊員に支えられる形でマニージェが現れると、さすがになんともいえない顔をした。

「マニージェ！　あなたはまだ起きてきては……！」

織師のひとりが驚きとがめるような悲鳴をあげた。けれどマニージェは青白い顔で、それにとりあうことはなく、余裕のない声で言った。

「うるさい、ここに、どうしてこの男がいる」

「わたしが来て欲しいと言ったの」

チルが真っ赤な目で、洟をすすりあげて、マニージェに言った。チルの方を向くと、少しばかりマニージェは表情をやわらげた。

　どんな時でも、そうしてくれた、彼女の表情だった。チルは駆け寄り、一度ためらってしまっては聞けなくなることを急ぎ聞いた。

「お腹の子は？」

　なにより先にそれを尋ねたことを、マニージェは驚いたようだったが、眉を上げてから、少しばかり愉快そうに笑って言った。

「私に似て丈夫だ。なんといっても私の子なのだから」

　しかしそう言ったあとに、ふっと笑うことをやめ、目を細めてチルの頭をなでて言った。

「違うな。他でもない、お前が祈ってくれたおかげだ」

　あの水辺でも。

　あの戦場でも。

　祈ってくれただろう。この、未だ小さく不安定な、命のために。

「感謝するよ、チル」

　その言葉にチルはわっとまた涙をためて、マニージェの鎧を脱いでもなおかたさを感じるほど弾力のある胸を叩いた。

「すまない。心配をかけたな」

　チルの背をなでると、強い視線でビージャンを睨みつけた。

「貴様、どういうつもりだ」

その強い台詞は、チルを劇場跡から連れ出したことによるものなのか、それともここまでやってきたことにあるのか、チルにはわからなかった。しかしビージャンにとってはどちらでも構わなかったようで。

「こっちの台詞だってえの。相変わらず礼儀のねぇ女だな」

腕を組んだまま、顎だけでチルを指して言った。

「先の強襲に助太刀をしたことへの礼が先だろう。これでも、バアラが術士達を総動員させて捕虜交換に来るという情報をつかんで、抜け道獣道を駆使して駆けつけてやったんだぞ」

その言葉には、マニージェもしばらく黙したあとに、「感謝している」と言った。その上で、そのままの声色で、

「もう少しはやい方がもっと助かった」

と言ったものだから、さすがにチルも自分の目元を手で覆った。ビージャンの表情は、案の定ひきつっている。

「それは冗談としても」

こんな時にあまりに凶悪な冗談をその一言で片付けて、「なにをしに来た。こんなところまで」とマニージェは重ねて言った。

ビージャンは長いため息のあとに言った。

「そのお嬢ちゃんの話を聞いてやらなかったか？　そいつが、俺の護衛じゃないと嫌だとぐずるから、仕方がなくってやつだ。旧宮廷軍様はよほど頼りないと見える。ずっとうちの護衛隊にいてもらってもよかったんだがな？」

そこまで悪態をついたあとに、口を開こうとしたマニージェを「黙れ」とビージャンは制止した。

「いい加減にしろ。俺は客人だぞ。それなりのもてなしの場所に連れていけ。——いつまでも、その顔色で立ち話をしてみせるな」

それは、乱暴な言い方でこそあったが、婉曲《えんきょく》でさえない、直球のいたわりの言葉であったことは、チルにも、もちろんマニージェにもわかったことだろう。いたわられたことには、不服だったようであったが、チルとビージャン達は幌の中に導かれた。

その幌は、マニージェのために整えられているのだろう。いつもと違う香油がたかれて、また色合いの違う絨毯が敷かれていた。

クッションを積み重ねた長椅子に身体を半分横たえるようにして、マニージェはビージャンと対峙《たいじ》した。

手招きされるまま、マニージェの隣にはチルが座った。腰の上からマニージェには刺繍布がかけられ、チルはその上にそっと手をあてるよう、織師から耳打ちをされた。

しかし、その紋様を指先で軽くなぞりながら、やはり、力を失ってしまっていることをチルは感じる。

自分にも、力がなく。それは、この刺繍布や織物にしても、そうだ。

マニージェは、隊員の男達の目がなくなったことで、少しばかり声に気安さをにじませた。

「まったく、こんなところまでついてきて、護衛隊に示しはつくのか。聖獣の決めた次期王の警護には、反意があるんじゃないか」

言いながらもマニージェはやはり苦しさがあるようで、軽い汗を浮かべていた。

ビージャンはそれに気づいていながら指摘はせず、問いかけにも否定はしなかった。

「クリキュラを見捨てろ、新王につけと言っているやつがいるのは確かだ」

改めて聞くその言葉は、少なからずチルに衝撃を与えた。ビージャンが、そうした話をチルの耳にいれないように手を回していたのだろう。

「貴様はどう考えている」

誰かの話は聞いていない、とマニージェが一蹴すると、ビージャンは陽気に肩をすくめてみせた。

「俺は、どこにつくのが一番利があるか考えている真っ最中だ」

ぐっとマニージェが奥歯を噛みしめたのが、隣にいたチルにもわかった。チルの心中も、はらはらと落ち着かなかった。どうして、マニージェが護衛隊をこの隠れ里に連れてきたくなかったかに、ようやく気づいた。

ことと次第によっては、天秤《てんびん》が大きく傾ぐのだろう。

マニージェが、注意深く聞いた。

「――あの時は、どうしてこちらについた？」

あの、劇場跡で。ビージャンをはじめとした護衛隊は確かに、侵略国側ではなく旧宮廷軍についていた。

誰か助けてと願って、助けに来てくれた人がいたと、チルはおめでたく安堵していたけれど、そんな単純な話ではなかったようだった。

しかし、どうして自分達を助けたのかという問いかけに、

「ハフトとかいう男が気にくわなかったからだ」

にや、と笑ってビージャンは続けた。

「金が積まれていないうちは、一度まで、好き嫌いで決めてもいいことにしている」

それはつまり、次はわからないということだ。ぴりりと幌の中の空気がはりつめた。

チルは、なにか自分に言えることはあるだろうかと、息をつめたまま必死に考えを巡らせた。

「それから」

小さく息をついて、顔を背けながら、ビージャンは低い声でつけたした。

「捕虜になっている織師の中には、護衛隊の部下と通じている女が何人かいた。助けてやってくれと乞われていたが、とても交渉戦が出来る状態ではなかったからな。ひとまずてめぇらにつくしかなかったってことだ」

チルが目を丸くして、思わず聞いていた。

「その織師は」

「あの一団の中にはいなかったと聞いている。こっちに連れてきた捕虜の口を割らせるつもりだ」

方法は、詳しく述べなかった。チルは隣のマニージェの顔をうかがった。

マニージェは唇を引き結び、必死になにごとか考えているようだった。額にまた、汗が浮かんでいる。チルは自分の肩にかかった刺繍布をそっとそこにあてて、汗を拭った。

その仕草に気づいたマニージェが、チルを安心させるように笑ってみせた。

そしてビージャンに向き直ると、

「単刀直入に聞く」

ゆっくりと自分を落ち着けるような深い呼吸をひとつ。マニージェは尋ねた。

「貴様ら護衛隊の勝利条件とはなんだ」

その問いかけに、絨毯の上で片膝を立てたまま、ビージャンは杯の果汁を飲み干した。

そして口元を腕で拭うと、鋭い目つきでマニージェに言った。

「この国の再興は、俺達としても悲願だ。故郷に滅びて欲しいと思ってるやつも、他国の奴隷になりたいと思ってるやつも、ひとりもいない」

その一点においては、護衛隊と旧宮廷軍、のぞみは一致している、はずだった。

「しかし、これまでドンファンとバアラ、どちらにだって蝙蝠《こうもり》みてぇについてきたのも確かだ。俺達は、俺達がこれまでつちかってきた利権を守りたい」

もとより、他国の人間と自国の人間、その緩衝と調整のための武力であり、利権であるはずだった。

不可侵としてきたその領域に、マニージェは踏み込んだ。

「それは、リスターンについては出来ないことか」

ドンファンとバアラ。そして、リスターン。その中で、リスターンについてくれとマニージェは言ったのだ。

「この国の国土に力が戻れば、貴様らの利権とやらもまた、富めるものになる。それは他よりも、確かなはずだ」

マニージェの嘆願にも似た説得に、ビージャンはけれど黒い瞳を細くして、頬杖をつきながら薄い笑みで言うのだ。

「それは、王が誰でも構わねぇことなんじゃねぇか」

沈黙がおりた。

王が、立てば。聖獣が王を選べば。聖獣に選ばれた王が立てば……。国には力が戻ると信じていた。誰でもいいなら、それは、ハフトであってもいいのではないかと思う。マニージェがそれを許さないとしても。しかし、その王は、本来、王として選ばれたはずなのは——。

なにものが立つべきであるかなんて、チルには口を出すことが出来なかった。自然、自分の手の平が自分の腕、肩をさすった。その不在と、その軽さを確かめるようだった。

王でなくてもあなたは大切だと、言ってくれた人がいた。

そんな優しい言葉は、心からのいたわりは、愛情は、これまで決してチルが得られなかったものだった。もとの、自分のいたはずの世界でも、そうだ。

そんな自分が、今更、今更——。

そう考え込んだ、その瞬間だった。

「隊長！　マニージェ隊長！」

声を荒らげながら、隊員が転がり込んできた。そして、ビージャンの後ろに膝をつくと、ぶわりと伝令布を広げながら言った。

「お触れが……お触れが出ました！」

なんだ、とマニージェがするどく聞き返す。空気を震わす音声で、隊員は叫んだ。

「聖獣クリキュラが新しき王を選んだ——宮殿に、新王ハフトが立つと！」

それは突然の知らせだった。突然の知らせでありながら——マニージェとビージャンは驚いた風ではなかった。

「思ったよりもはやかったな」

マニージェがそう呟き、

「チルを消す前に、既成事実をつくる腹づもりか」

ビージャンが吐き捨てた。

「私への伝令はあったか」

マニージェの低い声が促すと、隊員は膝を擦るような形でマニージェに近寄り、伝令布を渡した。

火でもつきそうな強い視線で、マニージェが一瞥《いちべつ》した。

「新王としてハフトが立ち、新宮廷軍が組織されるとある」

「どうせバアラの新兵だろう」

実質の占領であり占拠であると、ビージャンは冷たく言い放つ。

否定も肯定もせず、マニージェは続けた。

「旧宮廷軍は、織師を連れて投降をしろ。でなければ——逆賊として扱う」

ビージャンがその言葉に大きく声をあげて笑ってみせた。ひどく愉快そうな、それでいて怒りに満ちた大きな笑い声だった。

「こいつらが逆賊か！　ひょうたん野郎、世話になったことも忘れて、大きく出たじゃねぇか！」

マニージェは、冷たくその文書を見つめるのみだ。仕える隊員も、怒りで顔を青白くさせていた。

ビージャンはどこまで本気で笑っていたのか、ぴたりとその情動を鎮めると、その隊員に向かって言った。

「おい、俺にはないか」

はっとした隊員が、胸元からもう一枚の伝令布を出した。

「——こちらを……」

「やはりここも、すでに居場所が特定されていたか……」

ばさりとビージャンが伝令布を広げて眺めた。

「なんとある」

短いマニージェの問いかけに、唇の端を歪ませてビージャンが言った。

「護衛隊に関しては、東部の自治権を一部与える代わりに、新王を擁護しドンファンとの和平をつなげとある」

「自治権だと⁉」

怒りのままに立ち上がろうとしたマニージェを、チルがどうにか座りなおさせた。

「『黄金の道』をつくり、リスターンを踏みつけてバアラからドンファンへの商路を完成させよ、とのお達しだ」

マニージェはその言葉に、怒りを通り越して呆れたのか、額を押さえて大きく息を吐いた。チルは彼女がビージャンにくってかかるようなことがなくて本当によかったと思った。そうなったら、他に誰がいても取り押さえられるようには思えない。

「……どうするつもりだ」

地の底からうめくようにマニージェが言った。

「ビージャン貴様は、偽王につくのか。新王につくのか」

は、とビージャンは視線をずらすようにして、唇を歪ませて笑って言った。

「それは、新王なんてもんが、生まれるとするなら、の問いだな」

新王と偽王、とマニージェは言った。ハフトは偽の王様であると。

しかし、正しい王がいなければ、偽物を偽物であると証明することは出来ないはずだった。

ここでいう、新王とは。チルは唇を結んだまま、奥歯を噛んでいる。

「……クリキュラはどうした」

絞り出すようにマニージェが聞くと、「少なくとも森には繭は出来ていなかった」とビージャンは答えた。その、マニージェの問いに答えるためにあの森まで行っていたようだった。

「まだ、ハフトのもとにあるのか……まだ……息は……」

マニージェには動揺が見てとれた。痛みや苦しみがあるのかもしれない。そうしたものに対してひとより耐性のある彼女だったが、生え際がしっとりと湿るほど、汗が浮かんでいた。

「考えたところで仕方がねぇだろう」

横目で流し見るようにビージャンはマニージェを睨むと、つとめて低く、冷静な声で続けた。

「少なくとも、クリキュラの首からとれる糸で、偽のマントを織る必要はなくなったんだろうよ。あいつの手の中には……正真正銘、本物の王のマントがあるんだからな」

クリキュラの首を擁し。

聖獣王のマントを持っている。

そのマントを持っているものが王であるというならば、やっぱりその人が「そう」なのではないかと、チルは目の前が暗くなるような思いだった。

（今更）

今更だと思った。今更、そのことを、負い目に感じるのは、あまりに傲慢だと思った

今のチルには、そのどちらも、ない。

ハフトがふさわしいかどうかなんてことはわからない。自分はクリキュラではないか

ら、王様のふさわしさ、なんて。

ただ、うつむきながらチルは思うのだ。

――あの、美しい黄金の聖獣が、自分以外を抱きしめるのは……。

（なんて）

チルは耐えられず強く目を閉じた。なんて、引き裂かれそうな思いだ。こんな相反す

る思考をもってしまった時点で、引き裂かれてしまえばいいのにとさえ思う。

（王様なんかじゃ）

なかったのに。なりたくなんてなかったし、なれるはずがないし。実際、今、その唯

一の証明さえ奪われてしまったのに。

そうしてうつむいてしまったチルの頭に、マニージェが大きな手を乗せた。驚き、チ

ルが顔を上げる。剣だこだらけの、厚い皮の、女性らしくはない手だった。

それでも確かに、あたたかかった。

彼女の顔にはまだ少し汗が浮かんでいて、チルの方が、いたわるべき人。だというの

に今、彼女の方が励ましてくれている。

そして頭に手を置いたまま、マニージェはビージャンに言った。

「貴様は、どうする」

もう一度。繰り返しになる問いだった。ビージャンは、片膝を立てた座り方のままで、じっと、マニージェを睨みつけるように見た。

そして、ため息をつき、ゆっくりと立ち上がる。マニージェにも、控えた女達にも緊張がはしるのがチルにはわかった。

そうしてマニージェの前であり、チルの前に立つと。

マニージェではなく、チルの方に向けて言った。

「――……二人にしてくれるか。この女と」

怒りとも、微笑みともつかない、複雑な表情がそこにはあった。チルはマニージェの横顔を見た。

マニージェは、至近距離のビージャンと目を合わせないようにしながら、自分の下唇をつまむような癖を見せた。

「マニージェ……」

名前を呼ぶと、そんなつもりはなかったのに、ひどく心配げな声が出てしまった。チルの不安が、マニージェには確かに伝わったのだろう。

彼女はチルを振り返ると、にこりと強く破顔して言った。

「私は大丈夫だ。私の頑丈さを信じろ」

それは、ビージャンと同じように、マニージェも、この男と二人きりになることを望む言葉でもあった。

怪我も、心も、大丈夫だから。

二人にしてくれと言われたら、チルも、他の誰もがそれに従うことしか出来なかった。

ぐっとチルは拳を握ると、長椅子から立ち上がる。そして、幌の中の他の人間達も連れだって、その幌から出た。後ろ髪を引かれるようでもあったが。

二人は、二人だけになった。

それは、対立する集団の長ふたりである限り、ともすればあり得ないことであり――もしかしたら、ずっと、「そう」なりたかったことなのかもしれないと、チルには不思議な、予感めいたものがあった。


隠れ里の中に出ると、織師の女達がチルを取り囲んだ。

「チル……！」

「チルさま」

「ハフト先生が新しい王様になったというのは、本当なんですか」

「マニージェには聞けません。彼女は教えてくれないでしょう。でも、彼女の怪我も、ハフト先生がやったのですか。チルさまではなく、彼が新王に立つというのは、そういうことではありませんか」

誰もが困惑をしていた。それは、この里にいた、あの男がよく信頼され、よく愛されていた証《あかし》でもあった。

兵達はハフトの裏切りを織師達にははっきり告げていなかったようだ。マニージェがそう指示したのかもしれない。

チルの口からは、なんて伝えたらいいのかわからなかった。

「今、マニージェが護衛隊のビージャンと行く末を話し合っているから。それが終われば、彼女からの話はあると思う」

「ハフト先生を王として認める可能性もあるんですか？　チルさまでなく？」

尋ねられ、チルがつばを飲み込んだ。チルはあの劇場跡で、冷酷ともいえるハフトの表情を知っている。

けれど、それも一国の王となるためには必要なものなのかもしれない。チルにはわからない。少なくとも、聡明で、強く、協力者もたくさんいるのならば、きっと、チルよりもずっと王になるにはふさわしいのだろう。

「ハフト……ハフト先生が、本当に王様になったら、どう思う？」

織師達に尋ねると、彼女達は顔を見合わせた。「ハフト先生はとてもよい方」と前置きをした上で、

「聖獣クリキュラがそれをお選びなら、とても嬉しいことです」

と彼女達は慎重に言葉を選んだ。

国の王たる人は、誰でもいいわけではない。人格者であれば、聡明であればそれに越したことがないのだと。

「でも、私達にとっては、それだけではなくて……」

自分達は覚えているのだと織師達は言った。

「大地が力で満ちていた頃を。私達の糸が、織物が黄金のごとく輝き、富を生み、命を救い、一生を懸けるに、足るものであったことを」

誇りのある仕事だったと彼女達は言った。そしてチルを、子供達のもとに連れていってくれた。小さな子供達が、祖母よりもまだ年配の織師や導師から、刺繍を習っている。

そのうちのひとりが、チルの姿に気づいて黒い瞳を釘付《くぎづ》けにした。

「覚えていらっしゃいますか？　あの子は、先日工房で隠され、助けられた子です。あの子の母親はまだ帰ってはきていません。けれど、あの子は母親の教えてくれた刺繍をし続けています。それは血よりも濃く、黄金よりも重い、私達のたからなのです」

見てあげてください、と促され、チルは小さな子供が一心に針を刺す、その紋様に指を置いた。かすかな隆起が、木のうろのようでもあり、人間の脈のようでもあった。

（指先、熱い）

そこに確かな熱を感じた。今はこの大地は枯れ、チルにも誰かを救えるような神秘はない。けれど、確かに感じるのだ。リスターンの女が、命を注《つ》ぎ込んだ証であるのだろうか。あの森で、巨木から受けたのと同じ、針のような。まぶたの奥が重たくなり、光の筋のようにチルの脳に染みついた。甘く痺れる。その紋様を、チルはせめて心に刻もうと思った。

この紋様は、この国の血脈であり。

この美しさは、彼女達の命の美しさだ。

「他の織物も、見せてもらえる？」

チルは一枚一枚、女達の手仕事に触れた。なにがこんなにも自分を駆り立てるのかはわからなかったが、マントを持たない今、彼女が唯一、幻想のような熱にクリキュラとのつながりを感じられる行為だった。

「幾久しく、王座を、黄金に——」

チルの唇が、自然とその誓句を紡いだ。

「そうです」

王座は黄金でなければならないと織師達は口々に告げた。

そうでなければ、大地は力を取り戻さない。すべての刺繍も、織物も。

「王ただひとりを国の柱と立てるやりかたが、いびつで残酷であることはわかっています。護衛隊はそれを捨てよと言っているのでしょう、それでも」

私達には、守り続けてきた信仰があると女達は言った。

それは、針の代わりに剣を持つマニージェとてかわらないと。そして、女を守る男達もそうだと言った。

「本当は、マニージェの子にも、針を持って欲しかったのだけれど」

織師のひとりが、赤子のすこやかさを守るための紋様だと見せながら言った。

「父親があれじゃあ、女の子でも持つのは剣かもしれないわね」

「わからないわよ。父親の方が、剣を持たせないかもしれない。男はいつも勝手だから」

そんなことを言いながら、くすくすと笑う。女達はこうして、糸を紡ぎながら噂話《うわさばなし》に興じるのだろう。そう想像がついたけれど、あけすけな中身に眉を上げてしまった。

「あの、みんなは……マニージェの……その、相手を……」

ためらいながらチルが聞くと、女達は軽やかに笑った。

「自分よりも強い男しか相手にしないと言い続けていた軍隊長の娘だもの。女はみんな、知っているわ」

「とがめられることでは、ない？」

護衛隊と旧宮廷軍は、対立関係にあるとマニージェは言っていた。女達は顔を見合わせ、諦めたように、慈愛に満ちた顔で、笑う。

「たとえ、何を誰からとがめられたとして。困難があるとして」

そして女達は、歌うように言った。

「恋だけが、すべての障害を越える力があると、私達は信じています」

いくつになっても少女のような言葉だった。


隊長と首長の対話は長く行われた。チルは、多くの刺繍と織物とともにその結論を待った。

食事もとらずに夜も明けようかとする時間に、チルはマニージェのもとに呼ばれた。

頑丈だと自負するマニージェの顔色は少しばかり青ざめていた。けれど、その額に浮かんでいた汗は、拭われていた。マニージェは自分で自分の汗を拭うことはしなかったから、拭った人間がいたのだと思った。

「話はついた」

静かに、けれど苛烈にマニージェは宣言した。

「旧宮廷軍と護衛隊は、偽王ハフトの即位を認めない」

集められた旧宮廷軍は、皆返事のひとつもなく、その言葉を聞いた。是とも非とも、言わないと決めているようだった。

「ハフトを王位の簒奪者とし、王座から引きずりおろす」

思わず身を乗り出し、マニージェにしがみつくようにして、チルは尋ねた。

「クリキュラは？」

その時、聖獣はどうなるのか。マニージェは頷く。

「聖獣クリキュラと、聖獣王のマントは、あの男のものではない」

お前のものだ、とマニージェがしっかりした視線でチルを見て言った。

「お前のものは、お前に返すよ、チル」

そのマントの力で、お前は国に帰るんだと、マニージェはやはりやわらかく優しい顔でチルに告げた。

どのような願い、どのような他者からの望みがあったとしても。自分の人生を生きるべきだと。

チルはその優しさに、顔を歪めて泣きそうになる。

ずっと、そうすべきだと尊重され続けてきた。

赤の他人、なにもたらすことが出来ない自分のために。なにも応えることなんて出来ないのに。癇癪《かんしゃく》のようなチルの願いに、応えてくれようと。

「でも、そうしたら……」

うろたえたように言葉をこぼすチルの頭に手を置き、自分の部下に向き直ってマニージェは言った。

「新王の代理として、この男が立つ」

その言葉に、ふらりと前に出たのは、マニージェの隣で仏頂面で腕を組んでいたビージャンだった。チルは驚きに目を丸くした。

ビージャンは辟易とした顔で言った。

「ほんのいっときの、ツナギの王だ。利口な治世なんてもんを期待すんなよ。聖獣が選ぶ王が王位につかないのなら、人間の王制をなんとかして組み立てるしかないってことだ」

本当に期待はするなと再度続けて、

「それでも、前の王よりはマシな判断が出来る自信ならある」

従ってもらうぞと、静かな声で断言した。

「チル様は、国へ帰られるのですか……？」

そう声をあげたのは、隊員ではなく、そばについていた織師の女だった。やはり、チルが王として立つことを望むものはいるのだ。クリキュラが、チルを選んだ。それは確かなのだから。

その時、ビージャンが、チルの細い肩をつかんで引き寄せた。

かたい手の平の、強い力だった。

しかし、人間の温度と質感が肌を突き刺すような、不快感、嫌悪感はもう感じなかった。

この心を、信頼というのだと、チルははじめて気づいた。これまで、どんな大人にも持たなかったものだ。

ビージャンは全員を見回し、はっきりと言った。

「クリキュラはこいつを選んだ。けど、こいつにはこいつの祖国がある。こいつは帰りたい国に帰る。生きたい場所で、生きていく。クリキュラがこいつを異界に戻して、そのあとに他の王になりたがってる誰かを選ぶってんなら、その時は、あいつの話だって聞いてやる」

そう、ビージャンは宣言をした。

チルは、視線を下げ、奥歯を噛みながらその言葉をのみ込んだ。

人間が人間の王を決める。それは決して、口で言うほど簡単なことではないのだろうとチルは思う。

この国の人々の信仰が、よくわかっていたからだ。人々が従うのは、王に奇跡があるからだ。奇跡はそのまま実感として得られる力であるからだ。クリキュラがある限り、王座は黄金となり、それはすなわち、国土が黄金となることと等しい。人間が、人間の治世が、それに代わることが出来るのか、チルにはわからない。

けれどそれが、人の国だと、ビージャンは言うのかもしれない。

それからマニージェが、響き渡る声で言った。

「ハフトにつきたいものは、引き留めることはしない！　この場で斬り捨てることもだ！　投降をすれば受け入れると、文面の上ではあいつも約束している。私の許可はいらない、王宮に行くがいい！」

その檄に、しんと隊員達は静まりかえった。言葉をなくしているのではなく、言葉にしない決意だった。唇を引き結び、強い視線で前を向いていた。

ビージャンがその顔をひとつひとつ見ると、唇の端を曲げて言った。

「護衛隊はどの王でもなく、俺につくぜ。俺らとの共闘がまっぴらだというやつも、今ここで降りた方がいいかもな」

もっとも、あんまり人数が減ると、この女が戦場に戻るという癇癪を起こすかもしれん、というビージャンの言葉に、織師達から悲鳴のような叫びがあがった。

マニージェが不愉快さを隠さずに睨みつけた。

「おい、下衆なからかいをするな。私は約束を守る人間だ」

マニージェとビージャン、その間になんらかの約束が交わされたのだと、チルはそのことに驚くほどほっとしている自分に気づいた。

「だ、そうだ」

両手を上げて、ビージャンが言った。

「まあ、この闘牛女の世話をしている方が、戦場よりも過酷かもしれんがな。……チル、ここで、この女の相手を頼めるか」

突然話を振られて、チルが驚き顔を上げてビージャンを見た。

ビージャンは穏やかな表情をしていた。時折チルに向ける、庇護すべき子供に向けるやわらかさで。

「聖獣の首は、マントと一緒に俺が必ず取り返してくる。マニージェと一緒に、ここで待っていろ、と言ってるんだ」

やわらかく、穏やかであったけれど、それは確認でさえなかった。命令だった。王宮では、先の劇場跡よりも激しい戦闘になるに違いない。そこに、チルを連れていけないというのが、ビージャンの判断だった。

チルはそのまま、反対を向いて、マニージェの方を見た。

マニージェは微笑んではいなかった。真剣な表情で、チルに対して頷いてみせた。

「でも」

その時チルは、自分が何を言おうとしたのかわからなかった。

でも、わたしのマントだ。

でも、わたしの……わたしは……。

ぐっと自分の胸元をつかみ、それから、自分の肩の外套をつかんだ。これは聖獣のマントではない。けれど、命のような刺繡。大地そのもののような織りだ。

自分には力がない。

泣き虫で、きっと、戦いには、役に立たない。

それは知っている。わかっている。けれど。

「でも、わたしも行く」

はっきりと顔を上げて、精一杯、胸を反らして、毅然《きぜん》とした態度なんてとれないけれど。

「だって、わたし、誰よりはやく、クリキュラに会いたい」

チルを、この世界に、連れてきた獣。

生まれなおしてくれるかと聞いた。

放さないと、言ってくれた。

その——男に、一秒でもはやく会いたいとチルは言った。そうでなければ、チルの冒険は果たされない。強引に、無理矢理に、なんの説明もなく巻き込まれた、はじまった、この旅だから。

その行きつく先は、あの男のもとしかないと思った。

言いながら、ビージャンは、きっとこの決断を良しとしないだろうと思った。マニージェだって。けれど、誰も自分を止めることは出来ないと思った。その覚悟で、ビージャンを見据えていたチルだったが。

ビージャンは眉を寄せ、ひどく剣呑《けんのん》な顔をしたが。

「……それは、自分で決めたのか」

頭ごなしに拒絶することはなく、低い声でそう尋ねた。触れれば切れるような、鋭い視線で。

「それは、この国の、誰かへの哀れみでもなく、聖獣から選ばれたからというくだらない押しつけでもなく、てめぇの生き方として、てめぇが決めたことか」

チルはその言葉に、迷うことなくはっきりと頷いてみせた。ひとに迷惑をかける、見返りもないのに、わがままなことだと、わかっていても。

「マニージェ」

ビージャンはそして、マニージェに、そして同時に、その場にいたすべての兵士に向けて言ったのだ。

「預かるぞ」

チルの肩を、両手でつかんで。その肩を、その背を、しっかりと支えるように。

「俺は認めてはないが、こいつが国に帰るまでは──こいつは確かに、今この国の王として選ばれた人間だ」

聖獣が選び。

この国の大地が選んだ。

視線が一斉に、チルに集まった。期待、とも違う。祈り、のような。

信仰の視線だった。けれど、チルは、そこから心をそらすことはしなかった。たとえそれが針のようでも。

王座に座ることは永劫《えいごう》ないとしても。今ここに立っているのは、確かに、自分で選んだ道だ。

チル、とマニージェが名前を呼んだ。チルは、ぱっとそちらを振り返った。

「絶対に生きて戻れ」

マニージェは、まぶしいものを見るような、そしてそれを痛みに感じるような、言葉にしきれない表情で。

「私は」

やはり、祈るように、チルに言うのだ。

「たった一瞬でもいい。もう一度、今のお前が、聖衣を纏った姿を見たい」

たとえそれが、この世界を去る背中だとしても。

チルはマニージェのその言葉を、噛みしめるように頷いて。

「きっと見せる」

マニージェに抱きつきながら、涙を浮かべて誓うのだ。

「クリキュラと帰ってくるから」

どうかあなたも無事でいてと、チルは祈った。

無事で、わたしに、未来に、祈っていて。

第八章　果てのない未来の国

リスターンの王宮は、砂漠の中にぽっかりと浮かんだ緑のオアシスの中にある。

王が健在であった頃は、宮廷軍の他に多くの学徒、そしてそれ以上に多くの織師を擁していたとされるが、先王崩御の折、彼女達を逃がすために宮廷軍は王宮を手放した。

新しい王が立てば、王とともに王宮も戻ると信じて。

ここまで国土が疲弊し、王座が混乱するとは、王宮を出た時には誰も想像していなかった。

「マニージェの引いた地図はこれだ。ハフトも王宮にいたんだから、同じ地図が頭に入ってるだろうがな」

そう言ってビージャンが広げたのは王宮の地図だった。貴重な川から引いた水場と、広大な庭園を有し、高い塀で囲むように宮殿が立っている。

庭園の奥には王座の広間があるという。

「王座に座れるのは、王のマントを得たものだけだ」

王座を、黄金として……。

チルは祈りの言葉を思い出す。王が座ることで、黄金とされるその場所に、ハフトは座ろうとするのだろう。

「ハフトはここに座し、新王即位の宣言をすることだろう。そしてここで上層のバルコニーに立ち、新王の即位を示す幕を垂らす。この幕が垂れ下がった時が、新王の誕生だといっていいだろう」

その瞬間を狙う、とビージャンは言った。

多くの織師達は、王の即位を告げる織物を織るために捕らえられているはずだとビージャンは言った。その織師達も、即位式には連れてこられるに違いない。

彼女達は、この国の文化としての血そのものだ。彼女達にこそ思い知らせなければならないからだ。

この国が、新しい王を戴いたということを。

「捕虜になっている織師の解放。そして聖獣クリキュラの首を取り戻す」

チルはごくりと喉を鳴らす。「クリキュラの首は……まだある？」と呟いたのは無意識だった。聞いても仕方がないことだが、聞かずにはおれなかった。もう、声も気配もしなかったから。

「あると信じるしかない。そのために、森の巨木まで見に行ってやったんだ」

そしてあるならば必ずここにかつぎ出される。かの首よりも、きらびやかな冠はこの国にはないから。

ハフトは必ず、聖獣の首を掲げ、幕を掛ける。

その瞬間に仕掛けるとビージャンは言った。

「チル。お前は旧宮廷軍に紛れてついてこい。聖獣に選ばれた人間が宮殿に来ていることは隠し通せ。明かす必要がなければ……最後まで黙っていろ。お前が自分の名乗りを上げるのは、ハフトを斃して本当の新王だということを示した時。そして……俺に王位を任命する時だけだ」

ビージャンが王位を戴くために、儀礼が必要なのだとビージャンは言った。そうでなければ多くの人は納得をしない。聖獣の後ろ盾がなくとも、この国の王になるために。たとえ大地が許さなくとも、生きるひとが、許すように。

人から人の戴冠。ビージャンはそれを成そうとしているようだった。

地図の王座にナイフを突きつけ、ビージャンは宣言した。

「あの男は俺が斃す」

王位を簒奪するという意味でも、他の人間には手を出させない、とビージャンは言った。

「だから、お前はここで誓え」

チルの方を見据えて。ビージャンは最悪の事態を想定して言った。

「護衛隊にも、旧宮廷軍にも、全員に言っておく。万が一、俺の首が落ちた時は、全員が必ず投降しろとな。いいか、逃げることは考えるな。全員の剣をハフトに捧げろ。同時にお前も膝をつくんだ。護衛隊と旧宮廷軍、全員の、全面降伏。これさえ果たされれば――国の未来のことはわからないが、運良くいけば、兵とお前の首はつながり、クリキュラの力で祖国に帰れるかもしれない」

その時その部屋にいたのは、ビージャンと、寝台に眠るマニージェだけだった。

マニージェは目が覚めている時は気丈にしているが、やはり身体は楽ではないようで、獣が丸くなるように眠っていることが多かった。そしてビージャンは出来るだけ彼女のもとにいてやっているようだった。

部屋の中で、ランプの油ばかりが、ちりちりと燃えていた。

「いいかチル。お前は、お前だけは、なにがあっても祖国へ帰れよ」

そうビージャンは繰り返す。

「せめて、俺達にその戦果を残させてくれ」

七日ののちに、偽王が立つ。それまでに、可能な限り戦力を集めて相手の情報も集めるとビージャンは言った。

決戦がやってくる。チルの未来と……この国の未来を決める決戦の日が。


隠れ里でチルは織師達と過ごした。

「チルさま」

女達は、近づく戦場のにおいを敏感に感じ取りながら、男達のために織物と刺繡を続けていた。力ある織物は、剣からも弓矢からも守ってくれるとされている。その織りと、刺繍をチルも手伝った。

一巻きでも、一針ずつでも構わない、織師達は、チルに糸を触らせようとした。それがなんの祈りやまじない、祝福になるのかはチルにはわからなかったが、チルは出来うる限りの手伝いをした。そして、その中で織師達と多く話した。

「クリキュラ様は、無事でしょうか……」

ため息のように呟く織師に「無事だよ」とチルは答えていた。視線が一斉に集まって、チルは慌てた。

「いや、わかんないけどね。首だけになっても無事だったし、わたしは無事だって信じてる。そうじゃなかったら、助けに行く意味もないし」

チルが自分を励ますように言うのを、心配げに織師達は見返してきた。

チルは笑う。

「おかしいでしょう？　自分でも思う。ほんとに、あの時クリキュラに会ったって言っても、ろくに話もしてないし、顔もほとんど見たことがないのに」

おかしいな、とチルは思う。針を持つ指先が震えて、うまく刺繍が出来ない。うなだれながら、チルは言った。

「でも……どうしても、助けたいって、思う……」

針を持ったままだったから、それを掲げて、祈るようになってしまう。チルの肩を、織師達は抱いてくれた。

「わたしたちも」

そして囁くのだ。

「わたしたちも、他でもない、あなたさまを助けたい。そう思います」

遠い異国、今は荒れ野ばかりのこの国まで連れてこられた、小さな少女を助けたい。そのために、女達はなにかを決意したかのように、チルに囁いた。

「チルさま。髪をいただけませんか」

え、とチルが顔を上げた。

「織らせてください。あなたさまの髪を織り込ませていただきたいのです。それはなにより、戦場での力となり、守りとなると思います」

織り上げ、刺繍を刺させて欲しいと織師達は言った。

「わたしの、髪……」

チルには、いつもならば服の下に隠してしまっている、長いおさげがまだ一本あった。もとはもう一本あったけれど、その一本は、クリキュラに会った時に渡してしまったのだ。

今、残ったもう一本を、来たる決戦の、祈りと願いのために欲しいと乞われるのならば。

「いいよ。髪なんて、また伸びるから」

チルが織師達に手の平を差し出し、大きな、分厚い絨毯も裁つことが出来る大鋏《おおばさみ》を受け取った。

髪なんて、たいしたものではないと思った。しばらく見なかった自分の髪は、日焼けの関係だろうか、以前よりも茶色くなったように感じたし、ところどころ、黄金のような細い金糸が見えるような気さえした。

女達はその髪をそっとなでた。

「けれど、こんなに長く伸ばすには、時間はかかったはずです。なにか思いがあって伸ばしていたのではないのですか？」

「思いなんて——」

本当に、たいしたことではないはずだった。それなのに、どうしてこんなにも長い間、長いおさげを、持ち続けていたのかといえば。

（あんたは、女の子なんだから）

その時、唐突にチルが思い出したのは、もう片方の三つ編みがちぎられた時。そして……もっと昔、幼い頃。

（髪はきっと、長い方がお姫様みたいで可愛いわよ）

ずっと忘れていた。細くて長い三つ編みがよく似合う、と言ったのは。

他でもない、誰でもない、自分の母親だった。

（おかあさん）

愛された記憶なんて、ほとんどないと思ったはずだった。悲劇の主人公のように泣く母親を見るたび、苛立って、憎んだほどだ。なのに。

（おかあさん）

遠く、名前を呼んでみる。それは名前ではないけれど、やはり、チルにとっては、あの女は、母親以外のなにものでもなく。

ふと、思ってしまった。思い出して、しまった。

「おかあ、さん……」

口に出してしまうと、強い気持ちに突き動かされてしまう。こんなのは都合のいい、思い込み、ねつ造だとさえ思うのに。

わたしを愛した母親なんかいなかった。

チルは思う。

それでも、それはわたしが、母親を愛さない理由になっただろうか。

情動のまま、大鋏を持って硬直したまま、チルが涙を落としたのを、女達は手を重ね、肩を抱くようにして慮《おもんぱか》ってくれようとした。どれだけ強い力も、どれだけ高い熱も、本当のかなしみの前には慰めにならないということを知っていて。それでもなお、とでもいうように、必死だった。

女達は、みな、誰かの母であり……そうでないとしても、誰かの娘だった。確かに。

「チル様、あなたさまを、おかあさまのもとにきっと帰しますから」

ううん、と言う。チルが言う。ううん、いいの。

帰す。必ず帰すと。

そう、皆が約束してくれたけれど。

わたしは、帰りたいのだろうかと、チルは自問する。母親の、見たこともないような遠い面影をようやく恋しく思ってもなお。

（わたしが、生きるのは――）

わからない、わからないけれど。誰にそうされたわけでもなく、チルの指が、ゆっくりと動き、大鋏がチルの髪を、切り落とした。

しゃきん、と美しい音がした。

女達はチルの髪を編み、男達の外套をつくった。そしてチル自身のそれもつくったのだった。

旧宮廷軍の鎧を纏った彼女を、彼女自身の神聖が、そして綿々とつながれてきた織りの祈りが、守りますように。

髪を切った翌日には、チルの髪はうなじあたりで切りそろえられ、少年のように短くなっていた。女達が繕ってくれた旧宮廷軍の服は細い身にぴたりと合った。

「綺麗にしておきますね」

とチルのずっと着ていた制服をたたみながら、織師が言った。

「大切な服なのでしょう。よく似合っておいででしたから」

そう言われてチルはなにごとかを反論しようとして――言葉にならずに、ぐっと息をのみ込んだ。

大切な服ではなかった。でも、似合っていたというのならば、きっと自分の服だった。他人にあつらえられた、器であり、つくりもの。でも、その形を纏ったから、そうなることだってあるのだということを、チルは今では理解しているつもりでいた。だから。

「よろしくね」

と綺麗にたたまれた、自分のセーラー服の襟を改めてなでた。

今でも、どうして自分がこの服を着てここにやってきたのかはわからない。でも。

長い旅を、ともについてきてくれた。間違いない、チルの相棒だった。

その相棒を置いて、チルはビージャンと合流するために、旧宮廷軍とともに隠れ里をあとにした。護衛隊をまとめるために飛びまわっていたというビージャンは、合流したあとにすぐにチルと顔を合わせて、「まあまあ、様になってるんじゃねぇか」とチルの鎧についてコメントをした。切った髪についてはなにも言わなかった。

そしてビージャンの馬と併走しながら改めて、チルはビージャンに礼を言った。

「ありがとう。わたしも一緒に、王宮まで連れていってくれて」

一緒に行くことを、許してくれて。

なにも出来ない。なんの力もない。

お荷物になるのもわかっていたのに。

チルのその言外の言葉に、あ？　とビージャンは、乱暴に半分口を開けて聞き返してから。しばし天を見上げて、自分の顎をなでた。

そしてためらうことなく言ったのだ。

「てめぇは来ると思った」

自分の言葉に、うん、と再度頷くようにすると。

「そういう顔をしていたさ」

とビージャンは言った。

どういう顔だろう、とチルは馬を進めながら、自分の頬に手をあてて考える。そういえば、この世界に来てから、ほとんど自分の顔を鏡で見てはいなかった。化粧もしていないし、肌の荒れだって気にしたって仕方がなくて。

顔は、少しは変わっただろうか。

少しは、変わっていたらいいなと思う。どんな風にかはわからないけれど。若いうちしか大事にされないような、綺麗で可愛い、じゃなくていいから。

来ると思った。

そういう顔ならいいなと、チルは思った。


小高い丘からは、王宮を望むことが出来た。その荘厳さに、聞いてこそいたがチルは改まって感じ入ってしまった。

美しい建造物だった。劇場跡も古い遺跡だったが、それよりも年月を感じさせ、それでいてしっかりと砂漠の中のオアシスに立っていた。

護衛隊の何人かが、先に調査に向かっていたのか、なにごとかビージャンに報告を持ってきた。ビージャンはそれらを精査し、兵士達をまとめて指示を出した。

旧宮廷軍は別に動いているようだった。何度もこまやかに、地図を見ながら相談をしていた。彼らが何を行うのかはわからなかったが、護衛隊とも連携をとっているようだった。

ビージャンはチルに言う。

「即位日は明日だ。当日はバアラの特使も同席し、協定が結ばれるとされる。国内よりも先に、外堀から埋めていこうって腹づもりらしいな」

前王が即位した日に合わせるのだろうとビージャンは言った。やはり、ハフトは少なからず、前王の即位に感傷があるのだ。

明日、クリキュラの首も王宮に運び込まれるだろうとビージャンは言った。本来であれば、ビージャン達がハフトを討つのに、即位式を待つ必要などなかった。しかし、先手を打って仕掛けられなかったのは、クリキュラの首の場所を特定出来なかったためだという。

「聖獣王のマントが盗られ、クリキュラの首までどこかに隠されたら一番『具合』が悪い。次の新王が立ったとしても、そいつが逆賊として反感を買うだけだ」

大きな岩に片足を乗せて、ビージャンは強い声で言った。

「クリキュラの首は、ハフトの首よりも間違いなく重い。それがこの国の人間の胸のうちにある、正直な天秤だ」

強い風が吹き、チルとビージャンの外衣をはためかせた。ビージャンの黒衣にも、時折艶のある刺繍が見えた。この国では、戦いに行く男は、かげにひなたに祈りを纏う。

「ハフトは……討たれたら、どうなるの」

少しだけ青い顔で、思い詰めた気持ちで、聞いても仕方がないこととわかっていたのにチルは聞いてしまった。ビージャンはチルを見下ろすと、きゅうっと目を細めて、笑みとも、脅しともつかない表情で聞いた。

「どうして欲しい？」

その言葉に、チルはどきりと心臓をはねさせ、目を丸くした。

自分達に、仇《あだ》なすものを、刃を向けたものを、どう、するのか。出来るのか。出来るとしたら、したいのか。

ビージャンは聞いておきながら、すぐに視線を流し、笑った。

「……いいや。てめぇにこんなことを聞くのは酷だな。忘れてくれ。あの男をどうするかは、対峙する俺がその場で決める。今更誰からなんと説得されても聞かねぇよ」

剣を持ちなおし、強い視線でビージャンは言った。その覚悟が彼にはあるのだろう。それは、斬られる覚悟であり、斬る覚悟なのだと思った。

国が立つ。あるいは、対立の末に独立を守る。そのために、時に血が流れる。生まれるものがあれば、滅びるものもある。

きっと、逆らうことのできない時代の流れというものがあって。そこに、時に一矢を報いるのも、人の心なのだろうとチルは思う。

「マニージェはどう言ってビージャンを説得したの？」

ふと口をついて出た、チルの問いかけに、ビージャンは不意をつかれたように目を丸くした。それから、自分の顎をなでて、嫌々という顔でビージャンは答えた。

「あの女を説得したのは、俺の方だ」

それは意外な言葉であったし、一方でなるほどと、意外ではないことなのかもしれないとチルは思った。

「あの強情女に、腹の子供が俺の子だと認めさせたんだからな」

ぼやくような言葉に、チルは少しだけためらったけれど、ままよ、というように聞いた。

「ビージャンには、子供ができる、心あたりはあったんでしょう？　なのに、マニージェは認めなかったの？」

そのあけすけな言葉に、ビージャンは笑った。それから、いっそからりと笑うように言った。

「相手が貴様だけとは限らんだろうとまで言ったぞ！　あの女は」

言いそうだが、ひどい言い様だとチルが目を丸くしていると。

「まぁ構わん」とビージャンは言った。

「実際あの女が、別の男とつくった子供だとしても。その証明に意味はねぇよ。俺の子でいいと、マニージェが認めたことの方が重要だ」

あの女が自分の子だと言い、俺の子でもいいと言ったのなら、それ以上の証明はないのだと。

そして、ふっと目を細め、天を仰ぎながら言った。

「この国の行く先が、俺だけのための未来なら、王なんぞいらない。俺が俺でいられさえすれば十分だ」

けど、俺と、あの女の子供が生きる未来のある国なら。

ふさわしい王がいて欲しいと、はじめて思ったのだと、ビージャンは言った。

「俺がいない世界にも、未来があるのなら、ってな」

未来には国が必要だろう。

出来るだけ豊かな大地に生きて欲しいと願った。たとえそれが、エゴでも。

「その未来に王座にいるやつは――自分の欲のために先王を殺したあいつよりは、俺の方が、比較的マシだろう」

だからツナギの王になることを了承したと、だとすればやはり、説得をしたのはビージャンでもあるし、同時にマニージェでもあるのだろうとチルは思った。

「俺よりも、ふさわしくてマシな人間が誰かってことは……あの聖獣とやらが生きてたら、あいつにも聞いてみるさ」

チルはその言葉に肩の外套を握り、宮殿を望む。

どんな形でいるかはわからない。また言葉が交わせるのかも。それでも、最初に出会って、遠い土地まで連れてこられて。

ようやくもう一度会える、とチルは思う。ひどいやり方で、まだ納得はいっていなかったけれど。

あの男ともう一度出会う。どんな形になったとしても。

それが、チルがここまで巡ってきた、長い旅のすべてのような気がした。


即位の日。王宮の中庭には、リスターンの国民が集まっていた。捕虜となっていた織師達。そしてバアラの兵達、ハフトの私兵であろう、リスターンの兵達もいた。

不思議な高揚があった。

(これは、なんだろう)

人間のうごめく気配。濃密なそれに、チルは自分の頭から顔を隠す外布を覆った。チルは今は護衛隊のひとりとしてビージャンのそばについていた。旧宮廷軍は外で合図を待っている。昨夜、寝ずに地図を睨み、動き回っていたようだった。中と外から、同時に叩く。その手はずだった。

バルコニーに、礼装を纏ったハフトの姿が現れる。

　チルはその姿に、思わず喉を鳴らした。

　彼がその肩に纏っているのは、間違いない、チルから奪った聖獣王のマントだった。だが、その上からまったく違う、銀糸の刺繍がほどこされているようだった。その刺繍の意味も力も、チルにはわからなかったが、王者のマントを我が物顔で纏っているハフトの姿を見ると、腹の底が煮え立つような、強い怒りがわいた。

　激情よりも、もっと。身の焼けるような気持ちだ。

（……わたし以外を）

　そう思った瞬間、自分の心を妬《や》くのは、ただハフトに向けた怒りではないと、チルは気づいた。

（抱きしめないで）

　焼け付くような怒り、の対象は、銀の糸で縛り上げられた、聖獣の首だった。チルは青ざめた顔で、その変わり果てた姿を認めた。

「クリキュラの首だ！」

　誰かがそう言った。本当に？　とチルは思った。あの白い肌が。美しい顔が。そしてあの——美しい黄金が。崩れかけて、縛り上げられていた。目を潰され、口に針金を噛まされて。老いて乾いて。

　生きているだなんて、本当に？

悲鳴のような、さざめきのような声が中庭からあがる。

「本物か？」

ハフトが、一歩、また一歩前に出る。

――「聖獣クリキュラは、新王を選ぶことなく、このように朽ちてしまわれた。長きにわたりこの国に仕え、その役目をここに終えました」

チルが驚きに耳を塞ぐ。その声は、どんな種類の魔術の力であるのか、中庭全体に響き渡った。

――「聖獣の国から、人間の国へ。新しい王制をここに宣言いたします」

隣でビージャンが舌打ちをしたのが、チルにはわかった。ハフトの言葉は、いつかビージャンが呟いたものそのままだった。ビージャンの理想をかすめてとるようだった。

それが、誰にとっても素晴らしいものであれば、皆が賛同したであろうに。

ハフトは続ける。

――「新しい歴史の、はじまりとして、バアラとドンファンと協定を結び、この国に黄金の道をつくりましょう」

それは新しい、未来への道であると、ハフトは語った。

怒号のような、人々の呼応が聞こえる。

――「古き血を守り、わたくしがここに、新王として立ちます」

バルコニーで、ハフトが幕をおろす合図をした、新しい王、新しい時代、新しい国のはじまりのために。すべての口火を切るために。

ここまで続いた、歴史の断絶のために。

それは……はじまりか、それとも終わりか。

「偽王ハフト！」

その時、炎の矢が、かの王座に向けて射られた。その矢は、彼の後ろ、バアラとドンファンに重なる、リスターンの旗を射った。

かつて、クリキュラを、その美しさゆえに撃てなかったと言った、ビージャンの一矢だった。

そして弓を捨て剣を抜いたビージャンの怒号が、響き渡る。

「俺達護衛隊、そして旧宮廷軍は、てめぇの即位を認めない！」

それが、戦闘の開始の合図となった。

「逆賊ビージャン」

ハフトが、その響き渡る声でビージャンに叫んだ。


――「新王にたてつき、この国を滅ぼすつもりですか？」


は、とビージャンが笑った。声は、虚空に響く。

「国が滅ぶかどうかなんか、知ったことじゃねえよ。俺は滅ばない。俺達が滅ばない限り、この国も滅ぶことはない！」

返してもらう、と宣言をする。

「聖獣クリキュラは、てめぇのものではない！」

それを号令とし、怒号があがった。護衛隊はバアラとドンファンの兵と剣を合わせ、そこに旧宮廷軍も加わる形となった。

その中で、ハフトは笑った。口元は隠れていたが、それが、チルにはわかった。

彼が翻したのは、夜に彩られた、金糸と……銀糸のマントだ。

――「しかし、聖獣の残したマントは、今ここにあります」

宣言。それこそが、あの男が、リスターンの人々に言いたかったことではなかったか。

聖獣は死んでも、マントは残る。

それを受け継ぐことだけが……王の任であると。

護衛隊と、旧宮廷軍。それを迎えるバアラとドンファンの兵士達。庭園は乱戦となった。中庭につどっていた兵も抵抗を見越していたのか、応戦は強かった。

「行ってください！」

首長、と護衛隊がビージャンの道をつくった。

彼の背を、チルは追いかけた。チルは剣も弓矢も持ってはいなかった。けれど、そうしろと言われた通りに、首に巻いて隠していた薄い外套を背にはためかせた。赤いそれが、一枚の薄布が、彼女を見分ける印となった。

チルが纏った赤い布だけが。人の波の中で、たいまつのように輝いていた。

「上だ！」

道を開き、階段を駆け上がる。ビージャンの刀の、ひと振りひと振りが、人間を物言わぬ肉塊へとかえた。

確かに、彼は、マニージェよりもためらいのない、恐ろしい剣を振るった。

その返り血を浴びないように、チルを背中に守って。

チルは肺がはちきれそうになるほど痛ませながら、ビージャンの背を見失わないよう追いかけるのが精一杯だった。

王の謁見がなされるバルコニーには、ハフトとクリキュラ。そして、精鋭であろう、側近兵の姿があった。ドンファンの火器を持つ兵だけではない。バアラのそれであろう、術士の姿も。

「来ましたか」

とハフトが静かに告げる。

「お招きいただきありがとうよ、ひょうたん野郎」

血に濡れた剣を低く構えて、ビージャンが言った。

ハフトはビージャンの後ろ、まだ息の落ち着かないチルを目に留め、にっこりと微笑んだ。

ぬくもりのひとつも感じられない、冷たい笑みだった。

「都合がよかった。その子供を、連れてきてくれたのですね」

その子供が、生きているのも死んでいるのも都合が悪いのだとハフトは言った。

チル、おいで。

愛情のひとつも感じられない声が、チルを手招きする。

そして彼はまるで、物覚えの悪い生徒にでも対するように、ひどく丁寧に、優しく、講義のような口調で語りかけたのだ。

「本来、王は王として選ばれた時点で、人の生から外れると言われています。しかし、ならばなぜ王の代替わりが発生するのか？　わたくしのおじいさまは、それに、ひとつの仮説を立てたのです。つまり……王には寿命がなくとも、聖獣には寿命がある」

にこやかに、学説でも発表するかのように、少し得意げに、満足げにハフトは言った。

「つまり、聖獣を殺したあとであれば、王もまた殺せるということです」

その次の瞬間だった。術士達が一斉に唱え始めた呪文に、足下の石がガタガタと震え出した。

「！」

城壁の隙間から、立ち上る白い煙。それが、水銀のように液状化し、固体となる。

「チル！」

ビージャンが自身の剣を片手でかつぎあげると、身を翻し、チルの小さく細い身体に、覆い被さるように抱き寄せた。

呼吸の止まるような一瞬。

音も消えたその瞬間のあとに、チルが知覚したのは、強い、濃い、血のにおいだった。

ばたばた、と音を立てて、石畳に落ちた、のは、大量の赤。ビージャンの鎧の隙間から、鋭い銀の刃が刺し込まれていた。

「ビージャン！」

チルの悲鳴が、裂けるように響いた。

彼の、剣が、かろうじて首を守った。

そうでなければ、落ちていたことだろう。チルは知っている。かつて、クリキュラの首が、どんな風に落とされたのか。

よく、知っているから。

「はは……」

血の塊を毛玉のように吐きながら、ビージャンは倒れることはなかった。

「……俺は、てめぇの治める、国も未来もいらねぇな」

「黙れッ！」

強い言葉とともに、次に走ったのは大きな爆発音だった。爆風が、熱が、宮殿の柵の一片を吹き飛ばした。

「ビージャン！」

「容赦がねぇな……」

腕の肉を半分吹き飛ばし、それでも彼の目は爛々《らんらん》と輝いていた。大剣を大きく振りかざし、振りおろす。すんで、届かないが、バルコニーの端まで追い詰められたハフトの足下が、大きく割れた。

　顔面の半分を血にまみれさせても、彼は静かに言った。

「ひとの惚《ほ》れた女と赤子に、よくしてくれたもんだな」

　その時の、ビージャンの顔は、チルには見えなかった。けれど。

　ハフトは青ざめた顔を歪め、近くに飾られていた、徐々に朽ちていくクリキュラの首、その髪に手を伸ばした。

「控えろ！」

　兵士が同時に、ビージャンに襲いかかる。しかしそれらの兵も、ハフトは信用も信頼もしていなかったようだった。

「わたくしは、聖獣クリキュラに――！」

　それから、なんと言いたかったのか。チルにはわからなかった。ビージャンの剣は止まることはなく、なぎ払われた。

　その瞬間、すべてが浮いた。ハフトの、クリキュラの首をつかんだ肘から先が――はじけとぶように断ち切られた。

「――！」

　絶叫にもならない、絶叫。

しかし、チルの目は、二人ではなく、中空に跳ね飛ばされた、クリキュラの首、それに釘付けになった。

そして。

身体が動いたのは、もう、意志でさえ、なかったのだろう。

「チル！」

自分を呼ぶ声がする。けれど違うとチルは思う。

わたしが欲しいのは、その声ではない。


「クリキュラ！」


はじけとんだ、クリキュラの首。それを求め、バルコニーからチルが飛んだ。

羽も翼もない身体で。

ばねのように、弾丸のように。

(ねぇ、あんたは)

その時、チルは、心の中だけで語りかけたのだ。

(前もどこか、高いところから現れたね)

一瞬たりとも、ためらうことはなく。幾百の階段の上である、バルコニーから落下すれば、人の身であるチルの身体は、ただではすまない、それはわかってはいた。

いや、わかってはいなかったかもしれない。ただ、わかっていてもきっと、行動は、かわらなかったことだろう。

（もしかして、こんな風だった？）

死んでもいいとさえ思わなかった。思うよりも先に、強い心が身体を動かした。

（届いて）

お願い、とチルが思う。手を伸ばす。もう、クリキュラには美しい顔がなかった。頬はこけ、乾き、縛り上げられ、黄金のようだった髪も、藁《わら》のようだ。

それでも。

（お願い）

空中で、必死に、チルは手を伸ばした。

あなたは、ずっとわたしを、抱きしめてくれたから。

今度はわたしが、あなたを抱きしめるから。

「チル！」

ビージャンの絶叫がまた聞こえる。チルは必死に身体を伸ばす。

その指が、クリキュラの髪に、触れた。つかんだ。その瞬間だった。

力の、爆発、否、違う。

もっと収束するように、星が流れるように力が集まってくる。背中に電撃が走るような、衝撃。熱を持ったのは、首元に巻いた赤い布、その刺繍に、縫い込んだはずのチルの細い髪だった。

それは、黄金ではなかったはずの、長い編み込みの、かつて二本あったうちの、一本で。

かつて、一本を、クリキュラが、契約のために喰《く》らった。

身の一部とし、聖獣の一部とした。

その瞬間から、チルのすべてが変わってしまったことを、チルは知らない。関係もない。結局、チルが変わるのは。変わらなければならなかったのは。

身体ではなく、あり方でもなく、もっと内側の、心だった。

そして今、その心は、この身体に届くだろう。変質する。心と魂が、変わるのだから。

その背にあるマントが、輝きを取り戻し、チルのそれこそが、聖獣王のマントへと変わった。

その瞬間の、ことだ。

中庭で、城の内外で、剣を振るいあっていた兵達が、皆手を止めた。リスターンの兵は、消耗し、傷を受け、劣勢だった。

そんな彼らが、一斉に身体に力がみなぎったことを理解した。

それは、大地から感じられた力だ。そして、彼らひとりひとりが、身に纏った、織物、刺繍に満ち満ちた力だった。

その瞬間に、一体どれだけの種が白く芽吹いたかを、チルは知らない。

一晩をかけ、旧宮廷軍が地図をたどりながら蒔いていた。

それは王宮を取り囲むように、砂漠の中でありながらも、種の中の力だけで芽吹き、育ち、クリキュラのマントと同じ紋様を描いた。

それは、黄金繭の復活の紋様であり、すべての大地の再生の紋様であった。


大地が歓喜に震え、そして人々がそれを確信している。

しかし、チルにはその喜びが聞こえていなかった。

ただ、無我夢中で抱きしめる。同時に抱きしめ返されていると、感じる。顔を上げる。

重力、落下する引力にすべて反して。

チルは、その身体をふわりと浮かした。その背後から抱きしめてくれるのは、美しい聖獣だ。四肢を取り戻し、美しさと力を取り戻した、聖なる異形だ。

は、とバルコニーの上、ビージャンが血を吐きながら、笑う。

「やることがずいぶん派手じゃねえか……」

中空に浮かぶチルの姿、そしてその背後のクリキュラの姿を見て、我を失ったのはハフトだった。

「ああ、あああ!」

絶叫。

「そんなわけがあるか、そんなはずがあるか!」

わたくしの纏うものこそが、聖獣王のマントであると、叫び。

そして、振り上げた剣を、ビージャンの首に、振り落とそうとする。

「ビージャン!」

チルがその光景に叫ぶ。

「黄金繭《クリキュラ》よ、彼を救って!」

すべての織りが、刺繍が、クリキュラの意思下にあった。ぶわりと、黄金が二人を包んだ。ビージャンの纏うそれは彼を守り、ハフトの纏うそれは、彼自身を縛り上げた。

「放せ、放せぇえ!」

ハフトは目を血走らせ、身体をもだえさせて控えた術士に命じた。あいつを殺せ、と。口さがない言葉で。

しかし、その言葉を覆うように、クリキュラが声を出した。

「異国の者よ、眠るがいい。ここは、我が王の宮殿である」

そう言い、空中を一閃。片手を水平に滑らせるだけで、術士達は次々に昏睡《こんすい》状態になった。白い煙も銀の刃も、みな溶けて流れていってしまった。

「ああ、あ……」

膝をつき、半身を倒す、ハフトが、唇の端に血の泡を浮かべながら言った。

「なぜだ、なぜ……。マントは、ここにあるはずだ、本物の、本当、の……」

彼がかき抱いている。銀糸によってなんらかの術式が乗せられていたはずだが、それでもそれは、聖獣王のマントであるはずだった。

チルの薄く赤い外套は、似ても似つかないものだったはずなのに、その厚さも、質感も、すべてが変化してしまっていた。

彼女をずっと守っていた、彼女が唯一抱いていたマント。それと同じでありながら、より複雑に、赤い紋様が新しく走っていた。

クリキュラが与えたというだけではない。彼女の身から生まれた、彼女のためだけの聖衣だった。

「聖衣は、ここにある」

控えよ、とクリキュラが言った。

「王の御前である」

がくがくと、ハフトの足が震えて、崩れかけたバルコニーに膝をついた。その片方の、肘から先はなく、血に染まっている。しかし、皮肉なことに、締め上げる彼のマントが、その血を止めているようだった。

「なぜだ」

充血した瞳で、痛みも忘れた顔で、うわごとのようにハフトは言った。

「どうして、わたくしではなかったのです」

チルのことはすでに、眼中になく。力と美しさを取り戻した、クリキュラにすがるように。

「僕の方が、おじいさまより、おとうさまよりも！　王にふさわしかったろう……！」

どうして、とむき出しの眼球が、言葉よりも雄弁に尋ねていた。どうして自分ではなかったか。

どうして、自分では、こんな風に、あなたを美しくは出来なかったのか。

この国が、力を取り戻すことは出来なかったのか。

クリキュラは、まだ中空に浮かぶまま、ハフトを見下ろし、言った。

「わたくしは王を選びました」

どこか冷たく、それでいて、穏やかな言葉だった。

「それは、資格ではなく、血でも、素養でもありません」

そしてなにより、残酷だった。

「お前ではなかった。それだけのことです」

お前ではなかった。ただそれだけなのだと、他に理由はないとクリキュラは言った。

それが、どれほどの絶望であるかは……チルにはもう理解が出来ようもない。

息を止め、硬直したハフトに、クリキュラは淡々と告げる。

チルの肩に、両手を置いて。

「わたくしはこの方に出会うために生まれ、この方を見つけ、この方を選びました」

他に理由はないのだと、クリキュラは言った。

「この方だったから、愛したに過ぎない」

他には理由がないという。彼が、彼でさえそうなのなら……わたしだってそうだと、
チルは、どこか恍惚《こうこつ》さに目を閉じるように、一瞬天を仰いだ。

響くハフトの嘆きは、赤ん坊の泣き声のようだった。

うずくまり、人の言葉をなくしたハフトの首をつかんだのは、半身を血に染めた、ビージャンだった。

「チル」

多くの血を流しすぎ、土気色の顔をしながら、ビージャンは言った。

「こいつの処遇は、俺が決めるぞ。いいか？」

ふう、ふう、と荒く乱れた息で、どこか焦点の合わない瞳で、ビージャンは続けた。

「それとも、お前が決めるか？」

――それは、王の仕事だ。

覚悟があるかと、聞かれているのだと思った。

「わたし、」

ゆっくりと、バルコニーにおろされた、チルの声は震えている。自分のことを、自分で決めるのがいいことだと、それだけがせめてもの自由と、自分の持ちうる生だと思っていたチルだ。けれど。

クリキュラの指が、肩から腕をなでつける。その、熱と、情欲に似た内臓の暴れに、チルは一瞬顔を歪めて。けれど、息をのみ込み、毅然と顔を上げて、言う。

「わたし、だけで、決めなくてもいいと思う」

それは、たとえ王が、誰になったとしてもおなじことだ。

「ビージャン、あなた、だけじゃなくてもいい」

どうか剣を置いて欲しい、とチルは言った。だって、あなただって血みどろだ。ハフトだって……もう、涙も出ないことだろう。

なにより今はもう、クリキュラがいる。ここには黄金がある。これ以上……戦うことはないと、チルは言った。

「この国には、あなたも、クリキュラもいる。マニージェも……。誰かひとりが、ひとりきりで、大切なことを決めなくてもいい」

そして。

「ハフト先生」

チルは、その場に膝をついて、嘆きに顔を上げられないハフトに言った。

「あなたの言葉も、わたしは聞きたい」

出来ることなら。そして。わたしが聞きたいのであれば、きっとわたしだけではないはずだとチルは思った。

「わたくしは……僕、は…………」

ハフトはまだ、錯乱している。ここに立つために、多くを捧げて多くを失ってきたに違いない。もしかしたら、今ここで死んでしまった方が楽であることだって、たくさんあるだろう。

楽になりたい。そうしたいと、思ったことは、チルにもある。チルにだってある。

ハフト先生、ともう一度チルは語りかける。

「わたしは確かに、なにもわからなかった」

あの、生まれたはずの国で。ここからすれば、異界と呼ばれる場所で。

死んでしまいたいと願ったことが、一度や二度ではないことぐらい、わかってる。

でも。けれど。

「だから、だからこそ、教えて欲しいと思ったの。あなたは教えられる人でしょう。そして本当は……この国を、愛していたはずでしょう？」

そうでなければ、王として立とうとなんて、思うはずがないと、チルもわかっていたのだった。チルの言葉に、ビージャンが、どこか呆れたような、痛みをこらえるひきつったような顔で、けれど、とがめることなく、唇を引き結んだ。

誰が、王になるべきか、その問いも、命題も――今は、一旦置かれることとなるだろう。

王宮の中まで踏み込んできていた、異国の兵は眠ってしまっている。一方で、ハフトについていたリスターンの兵士達は、皆、一様に夢から覚めたような顔をしていた。

「ああ、あああ……」

片腕をなくしたハフトの嘆きはもう、王宮には響かない。

その代わりに、王宮には……リスターンの人々の、快哉《かいさい》が、響き渡るようだった。

人々が、口々に勝利を叫んでいる。いや、勝利ではない。聖獣の復活を喜んでいるのだ。国の人々にはわかったことだろう。大地の色が違う。吹く風の香りが違う。種が芽吹く。水が輝きを取り戻す。

緑の色が変わり、砂漠の砂、ひとつひとつが、きらめくようだった。

チルはそこではじめて、兵の去ったバルコニーで、明るい光の下で、クリキュラを見た。そそがれるべき太陽、広がるべき空の下で。

クリキュラは立っていた。幾重にも布が巻かれた体格はよく、黄金は、自由に流れているようだった。

美しい面立ちだった。陽の光の下で見ると、いっそ呆れてしまうほどに。

干からびて、干し草の束のようになっていた、首だけの姿とは似ても似つかない。チルは、頭の上から指の先までを見て、その手が、はじめて出会った時よりもずっと美しく、はりのあるものに変わっていることに気づいた。

これが、自分という人間と出会った、再会したことに起因しているとするならば。

こうして長い旅を経て、今再び彼の手を取った、意味もあったとチルは思った。

「……我が王」

万感の思いを込めて、クリキュラが言った。細めた緑の瞳で、震えるバラ色の唇。憎らしいほどに美しい、その男に。

「いいから」

対してぼろぼろの姿で、腕を広げて、チルは言っていた。

「なんかもう、堅苦しいことは、いいからさ。今はとりあえず、わたしを、抱きしめてくれる？」

自分という存在を、あなたという存在に抱きしめられることで確かめたい。そうチルは願ったのだった。

クリキュラが宝石のような目をより細め、ゆっくりとその腕を広げ。そうして目を閉じたたずむチルを、その大きな身体で覆い隠すように抱きしめた。

（ああ）

ようやく、ようやくだと思った。チルは自分の手も伸ばし、その大きな背中に力いっぱいしがみついた。

夢でもなく。幻想でもなく。魔術だとか、伝承だとか、信じられないものでもなくて。強く、今強く、自分を抱きしめてくれる、この男を。

正面から、抱きしめ返した。

「……申し訳ありません」

かすれた声が、そのあたたかで甘い闇の中で響いた。

それは懺悔《ざんげ》であり、悔恨であった。

「あなたさまを、無理矢理に連れてきた。王を求め、あなたさまが本来望んだわけでもない契約を、我が身と我が国のために急きました。本来の、あなたさまのいるべき世界での、生を奪った。そのことを、心から、申し訳なく思っています」

いい声だな、とチルは場違いなことを思う。クリキュラの腕の中にいる、それだけで、どんな言葉でも、ひとまずいいかと思ってしまうし。

香りと色味の強い、ありのままの感情を受け取れることに、感動してしまっていた。

それは、今じゃないだろうと思って、伝えなかったけれど。

「帰りたいという叫びを、聞いていました」

クリキュラは、絞り出すように、その言葉を続けた。

帰りたい、確かにそうだった。チルはどれだけそう言って泣いただろう。その一方で、帰るところさえないとも思ったし。今は……それも間違っていたと、気づいている。

わたしには、きっと帰るところがある。

どこでだって、待つ人がいる。

——ここにも、ここじゃないところにも、きっと。

クリキュラは、囁きを続けた。

「あなたさまは、あなたさまの国に帰ることが出来る」

あなたさまがそれを望むのであれば。

「王を戴き、大地は今、よみがえることが出来ました。あなたさまのいない世界で、どれだけこの威光が続くのかはわかりませんが……あなたは十分に……冒険をしたのでしょう」

　ぐっと、チルを抱く腕に力が入るのがわかった。少しだけ息苦しかった。その息苦しさも、心地よいと思ってしまうほどに。

「小さな我が王。ほんのひとときでこそありましたが」

　クリキュラは、言った。

「わたくしに、あなたさまのいる国を見せてくれてありがとうございました」

　わたくしの喜びが、大地に力を与え、この国の血になり、生きる力となった。それでも、それがほんの一瞬であったとしても、構わないのだとクリキュラは言った。

「あなたさまが望むのであれば、あなたさまをお帰ししましょう」

　あなたさまの、生きている場所へ。

　本来の、本当の、家と、世界に。

　チルは、けれどその時、ぼんやりと考えていた。マニージェに、このマントを見せなくてはならない。そして、もう一度だけでも、最後になっても、彼女の子のために、祈らせて欲しいと。

　しかし、クリキュラは、最後まで、チルだけに囁いた。

「どうか、あなたさまが、お決めください」

　黄金のあるところ。これから生きていく場所を。

「あなたさまの、生きる場所を」

その言葉にチルは、ゆっくりと、目を閉じた。
鳥の羽ばたきのような音が、遠くに聞こえた。

エピローグ　運命よりも強い恋

カーテンがはためいている。

歴史を感じさせるといえば聞こえのいい、実情はといえば古ぼけて不具合ばかりが目立つ校舎の、艶めいた木の机で、チルはまどろんでいた。

暗い色をしたセーラー服の手首部分のかたさが、頰にあとをつけることもいとわずに。

「チル、ちーるー！」

誰かが、チルを呼んでいる。そう呼ばれることが心地よくて、チルは机に突っ伏したままでいる。

「次の授業、多目的室に移動だってぇ」

その言葉に、ゆっくりと顔を上げ、目をこする。

長すぎるとよく笑われる、細い三つ編みが肩から落ちた。

「なあに、また寝てたの？」

「知留、補習の課題をしなきゃって言ってなかったー？」

入れ替わり立ち替わり、友人達が課題のノートで頭を叩いていく。やめてよ、とチルはよけるように頭を振る。

長い二つの三つ編みの先が、揺れる。それをなんだか、不思議に感じた。ずいぶん懐かしいような、新しいような感触で。

「今週面談じゃなかったっけ」

また違う友人が、思い出したくもないことを、思い出させてくる。

「文理の進路希望。知留まだ出してないって言ってなかった？」

「えー、そんなんバレるって。チルのお母さんは怒らないの～？」

怒るよお、すごく怒る、もうね、ヒステリー。更年期っていうの？　と、それでもあくびを噛み殺して、チルが言う。

切実で、穏やかで、退屈で……でも、幸福だと、チルは思う。目を細める。

ねー、はやく行くよ、と仲間達が呼んでいる。

今行く、とまだ少し寝ぼけた声で、チルが答える。

ぱたぱたと、教室のカーテンがはためいている。

特別なことは、なにもない時間。

あかるくて、やわらかくて、きれい。

ふっと、チルが顔を上げた。目が覚めるような、明るい日差しがチルの目を焼いた。

眠っていた？　幻を見たのかもしれないと思う。

「どうかいたしましたか？」

背後に立つ、チルの聖獣が、囁くような低く甘い声でチルに尋ねた。

「ううん」

チルは自分の、首元を触る仕草をした。今はない三つ編みを、後ろに流すような、それはただの、癖だった。

「少し、ぼうっとしていたみたい」

壁に立てかけられた鏡を見る。

そこには少女が立っている。短い髪をして、暗い色のセーラー服を着た、平凡で、特別なところはなにもなさそうな、女の子だった。

クリキュラを助けたあと、チルはひとつの問いをクリキュラにした。

どうして、この服だったのかと。

燃やしたはずの、セーラー服。その問いかけに、「あなたさまだったからです」とクリキュラは答えた。

あなたさまの本来あるべき、あなたさまがありたかった、あなたさまの装いであったから、その装いで、ここに送られたのだと。

自分が、本当にありたかった姿。これが、果たしてそうなのかは、チルは今でも、わからない。けれど。

この姿で、この身体で。

あるべきところで生きていく、そんな夢を見た。

夢の中でチルは、普通の女の子だった。普通に友達をつくって、普通に母親とぶつかって、普通にこのセーラーの、身の丈に合った生き方をしていた。

多分、あれは、あったかもしれない自分の姿だと、チルは思う。

もしかしたら、自分が生きたかもしれない世界の話だ。ほんの少し、勇気があったら。選択が変わっていたら。強くあれたら。

ああやって、友達の輪の中で、あるべき生き方を、あるべき形で。

もしかしたら、クリキュラは、それを望みさえすれば今からでもチルに与えてくれるのかもしれなかった。その未来を。その世界を。

（でも、そうはならなかった）

セーラー服を着たチルの肩に、聖獣が王のマントをかけてくれる。

もう一度、今度はそのマントを着た姿を、チルは見つめた。

（ならなかったけど、なったかもしれなかった）

今なら思うのだ。

あの、教室で。あの、学校で。あんな生き方が、出来るのならば。

（きっと、この生き方だって、出来るはずだ）

この生き方が――あの教室よりも難関だとは、チルは思わない。どんな形でも、どんなやり方でも。

生きたいように、誠実に生きることは、きっとずっと難しい。

（でも、ひとりじゃないから）

いつだって、それだけがきっと、自分に力と正しさをくれることだろう。

「新王さま」

準備を続けるチルの部屋に侍女がひとり入ってきた。チルに今一番近しい歳《とし》の、まだ若い織師だった。働きのよい彼女は、今、チルの側近のような役割をしている。

「聖獣王の即位に、様々な国から祝いが来ておりますよ」

そうして織師が読み上げる、その書状には、よく知っている近隣の国の名前も、聞いたことがないような遠い国のものもあった。

「あら、こちらは、聖なる剣の国から――……」

ここから、大陸さえ違う遠い国。かの国には、聖剣の伝説があるという。聖剣が聖騎士を選ぶという伝承だ。よく似ている、とチルは思う。

聖なる剣は騎士を選び。

この国では、聖獣は、王を選ぶ。

いつかそんな、剣に選ばれた騎士と、話してみたいとチルは思った。その時に、自分は胸をはっていられるだろうか。

わからない、わからないけれど。

「チルさま」

クリキュラの指が、チルの髪をすく。そしてその頭上に、黄金でつくられた冠をのせた。それは新しい時代の王の冠だ。今日、この日、この晴れ渡るような空の日に、チルは、この国の王として人々の前に立つ。

どうしてわたしがとは、もう思わない。

思ったって仕方ない。

「どう、似合ってる？」

緊張を振り払うように、チルは微笑み、見上げたクリキュラに尋ねてみる。穏やかな表情で、「もちろん」と肯定してくれた。

そして、額に触れるだけの口づけを差し出すと、誓句を述べた。

「わたくしにとって、なにものよりも美しく、なにものよりも尊く、なにものよりも重い」

それは、理由ではないと、チルはもうわかっている。

わたしだって、理由もなく、この相手がいいと思ったのだ。

「行こう」

チルが手を差し出す。クリキュラがその細い手首を、うやうやしく受け取った。美しい手。力に満ちた手で。

ああ、とチルは思う。

ああ、わたしは多分、この男に。いつかの日。

運命よりも、強い恋をしたのだと。


崩れかけた王宮のバルコニーは、驚くようなはやさで美しく修繕された。そこに、チルは自分の身よりも長いマントを引きずりながら現れた。

チルの姿を見つけて、そのシルエットだけで、庭園に集まったリスターンの兵士が、リスターンの織師が、快哉を叫んだ。

赤い垂れ幕が宮殿の塀を走ると、その歓声は絶頂を迎えた。

新しいマントを纏う、新しい王への、喜びの声だった。

チルはその声を身に染み込ませ、その光景を目に焼き付け、英気に満ちた空気を、肺いっぱいに吸い込んだ。

（チル！）

誰かが、チルの名前を呼ぶ。そこには多くの国の人々がおり、それに重ねて、もしかしたらいたかもしれない別の世界の友人の姿を、幻視した。

涙が自然、あふれてこぼれた。それを察したのだろう。クリキュラがそっと、背後から、チルの肩を抱いてくれた。けれど、チルに同時に浮かんだのは微笑みだった。

泣き顔ではなく、それだけではなく、微笑みで。チルはその、王としての口火を切った。

「泣き虫な王様でごめんなさい」

チルの声が、中庭に響く。それだけで、人々の喜びが、波のように揺れて見えた。

「わたしは――」

言葉に、詰まる。けれど、出来るだけ、飾らない言葉で、嘘のない思いで言った。

「ここから遠い、遠い遠い遠い国からやってきました。この国の、名前さえ知らず、血も、一滴も、この世界のものではありません」

しん、と、人々が静まりかえり、チルの言葉に、耳を澄ましている。

そのことに、チルはいつだって感動をするのだ。自分の声が、言葉が、存在が、大切にされている、という、事実に。

「だから、わたしはなにも知らないし、なんの力もありません。でも、せめて、自分のことは自分で決めて、生きてきました」

大切なこと。生き方のようなもの。それだけは。

チルは見回す。決して見つけられることはなかったが、きっと、ビージャンは来てくれていることだろう。もしかしたら、「丈夫だから」と言い張って、生まれたばかりの小さな赤ん坊を連れたマニージェも、一緒に。

チルがこの道を選んだことを、ビージャンは、拒否するか、止めるか、するのではないかと思っていたが、まっすぐに伝えるチルに『そうか』と言うだけだった。

チルが決めた。そのことを、よく理解している目で。

『お前がそう決めたなら……きっとお前は、俺よりかは、いい王様に、なるだろう』

そう、言ってくれた。

リスターンでは今、ドンファンと、バアラと、まったく新しい国交を開くために、様々な人間が動いてくれている。

ここにはいないが、遠く静かな場所で、ハフトもまた、多くの書の中で、生きて、時に知恵を貸してくれている。

新しい時代が来るのだ。

今はまだ、すべてが見えなくても、わかる。信じられる。

それは、自分が、彼らを信じているから。愛しているからだろう。

チルは肺に息を吸い込み、一息に言った。

「わたしはクリキュラに選ばれました。クリキュラは、この国の王様に、わたしを選んでくれました。でも、この生き方を選んだのは、わたしです」

誰に、なんと言われたとして。

生まれた国を捨て。世界を捨てて、この国の王になると、決めたのは。チルだった。

その選択が、正しかったのかはわからない。倒れて死ぬ時には、後悔をするかもしれない。けれど、だとしても。だからこそ。

自分で決めることに、意味があるとチルは思っている。

「どうか、この国のみなさんも」

ひとりひとりの、顔を、確かめるように目をこらして。

「自分の生き方を、自分で決めて、生きていける国になったらいい、そう、していきたいと、思っています」

その、たどたどしく、けれど切実な宣言に、人々は高らかな喝采で応えた。チルはもう一度、涙を拭い。

「わたしの名前は、チル・リスターン。この国の新王として」

手を上げて、時代の幕を上げるだろう。

「――ここに、戴冠を宣言いたします」

この、織物と刺繍の国で。

「幾久しく、王座が黄金であり続けますように」

新しい王の、新しい国がはじまる。

その長い歴史の中で、稀代《きたい》の少女王と呼ばれた、チル・リスターンの王位はまだ、はじまったばかりだ。

END

あとがき　――かくて少女は冒険の果てに――

デビュー作から、一貫して、「冒険をする少女」を書き続けてきました。少女は時に奴隷であり、少女は時に母親であり、少女は時に戦士であり、少女は時にお姫様でした。彼女達はいつだって、ただひとりの例外もなく、私の思う、ファンタジーの世界で冒険をしました。

そして今回、新作を書くにあたって、私が少女に与えたオーダーは、「ひとつの国の王になって欲しい」というものでした。

しかも、白羽の矢が立ったのは、セーラー服を着た少女でした。東京の夜の繁華街で、ひとりぼっちでいた彼女は、本当に唐突に、冒険の運命に投げ込まれました。どうして自分だったのか、と彼女は何度も叫びます。それは、もしかしたら作者である私に向けての問いだったのかもしれません。

私にも、わかりません。どうしてあなただったのか。

ただ、自分のセーラー服に火をつける、その苛烈さが、運命を呼んだのかもしれないと、それだけは思います。

今回は完全新作ですが、執筆の前から、装画をMONさんにお願いすることに決まっていました。『ミミズクと夜の王』からはじまる人喰《ひとく》い三部作と、その続編を完全版として刊行し終えたあとに、はじめてMONさんとご挨拶をする機会がありました。

新作について、MONさんと特にこれといったすり合わせはしませんでしたが、「ブレザーとセーラーだったら、セーラーをお願いしたいんですが大丈夫ですか？」と尋ねたことは覚えています。その時、食事をしながらMONさんがぽつりと、「人物を描くにあたって、衣装から描く、ということもあります」と言われたのが、ひどく印象に残っていました。

人物が立ち上る、そのはじまりが、装束から――。そんなこともあるかもしれない、と思い、この世界は、紡がれていきました。


この本において、運命に、一方的に選ばれた少女が、果たしてどんな生き方を選んだのか。それは、みなさんに確認していただくこととして。

ファンタジーであっても、そうでなくても、いかなる少女の先にも、常に苦難は待ち構えています。

私達はその苦難を越える時、時に誰かの手を借り、ひとを愛することもあるでしょう。

そして最後は、たったひとりで前を向きます。

泣いていてもいいし、間違っていてもいいのです。

あなたの毎日は、あなたの勇気と選択でできています。

よければまたお会いしましょう。どんな形になるかはわかりませんが、また、新しい冒険の世界で。

その時まで、どうぞ、お元気で。

紅玉いづき

メディアワークス文庫

聖獣王《せいじゅうおう》のマント

紅玉《こうぎょく》いづき

2024年10月25日　初版発行
2024年12月15日　3版発行

発行者　山下直久
発行　株式会社**KADOKAWA**
〒102-8177　東京都千代田区富士見2-13-3
0570-002-301（ナビダイヤル）
装丁者　渡辺宏一（有限会社ニイナナニイゴオ）
印刷　株式会社KADOKAWA
製本　株式会社KADOKAWA

●お問い合わせ
https://www.kadokawa.co.jp/（「お問い合わせ」へお進みください）
※内容によっては、お答えできない場合があります。
※サポートは日本国内のみとさせていただきます。
※Japanese text only

※定価はカバーに表示してあります。

Printed in Japan
ISBN978-4-04-915476-4 C0193

メディアワークス文庫　https://mwbunko.com/

本書に対するご意見、ご感想をお寄せください。

あて先
〒102-8177　東京都千代田区富士見2-13-3
メディアワークス文庫編集部
「紅玉いづき先生」係

ミミズクと夜の王 完全版

紅玉いづき

伝説は美しい月夜に甦る。それは絶望の果てからはじまる崩壊と再生の物語。

伝説は、夜の森と共に——。完全版が紡ぐ新しい始まり。

魔物のはびこる夜の森に、一人の少女が訪れる。額には「332」の焼き印、両手両足には外されることのない鎖。自らをミミズクと名乗る少女は、美しき魔物の王にその身を差し出す。願いはたった、一つだけ。

「あたしのこと、食べてくれませんかぁ」

死にたがりやのミミズクと、人間嫌いの夜の王。全ての始まりは、美しい月夜だった。それは、絶望の果てからはじまる小さな少女の崩壊と再生の物語。

加筆修正の末、ある結末に辿り着いた外伝『鳥籠巫女と聖剣の騎士』を併録。

15年前、第13回電撃小説大賞《大賞》を受賞し、数多の少年少女と少女の心を持つ大人達の魂に触れた伝説の物語が、完全版で甦る。

MAMA 完全版

紅玉いづき

伝説的傑作『ミミズクと夜の王』に続く、【人喰い三部作】第二部。


その夜、魔物が手に入れたのは、彼だけのママだった。

海沿いの王国ガーダルシア。トトと呼ばれるその少女は、確かな魔力を持つ魔術師の血筋サルバドール家に生まれた。しかし、魔術の才に恵まれず、落ちこぼれと蔑まれていた。そんなある日、神殿の書庫の奥に迷い込んだ彼女は、数百年前に封印されたという〈人喰い〉の魔物と出会い――。

「ねぇ、ママって、なに？」

これは、人喰いの魔物と、彼のママになろうとした少女の、切なくも愛おしい絆の物語。

全編に亘り修正を加え、王国の末姫の回想を描いた掌編「黒い蝶々の姫君」を初収録。

メディアワークス文庫

15秒のターン

紅玉いづき

残されたのはわずか１５秒。
その恋の行方は——？

そこにはきっと、あなたを救う「ターン」がある。

「梶くんとは別れようと思う」

学園祭の真っ最中、別れを告げようとしている橘ほたると、呼び出された梶くん。彼女と彼の視点が交差する恋の最後の15秒（「15秒のターン」）。

ソシャゲという名の虚無にお金も時間も全てを投じた、チョコとあめめ。1LDKアパートで築いた女二人の確かな絆（「戦場にも朝が来る」）。

大切なものを諦めて手放しそうになる時、自分史上最高の「ターン」を決める彼女達の鮮烈で切実な３編と、書き下ろし「この列車は楽園ゆき」「15年目の遠回り」２編収録。

メディアワークス文庫

壊れやすく繊細な少女たちは寂しい夜を、どう過ごすのだろうか——

誰にでも優しいお人好しのエカ、漫画のキャラや俳優をダーリンと呼ぶマル、
男装が似合いそうなオズ、毒舌家でどこか大人びているシバ。
女子高校生４人が過ごす青春の切ない一瞬を、
四季の流れとともにリアルに切り取っていく——。

ガーデン・ロスト

紅玉いづき

発行●株式会社KADOKAWA

＜初出＞

本書は書き下ろしです。

この物語はフィクションです。実在の人物・団体等とは一切関係ありません。